이번 생은 망했다고 생각될 때

이번 생은 망했다고 생각될 때

양지열 지음

자음과모음

차례

삶을 살아가는 일은 걸어서 긴 여행을 하는 일과 같아. 처음 길을 나설 땐 발을 헛디뎌 넘어지기도 하고 엉뚱한 곳으로 들어 헤매기도 쉽지. 앞길만 바라보느라 주변을 살필 여유를 갖기도 어렵고 말이야. 그러다가 걷는 일에 어느 정도 익숙해졌다 싶으면 갈림길이 나와. 어느 길을 선택하느냐에 따라 만나는 사람과 풍경이 달라지지. 함께 걷는 사람이 생기기도 하고 어디선가 오랫동안 머물러 있을 때도 있어. 좋은 사람, 좋은 장소만 있는 것도 아니라서 무척이나 힘들 수도 있어. 한 걸음, 한 걸음 아주 느린 것처럼 느껴지지만 어느 순간 뒤돌아보면 까마득한 길이지.

기억을 되살려 글을 쓰다 보니 넘어지고 헤맸던 일이 많더라. 콤플렉스로 남을 만큼 어려웠던 일들, 이런저런 이유로 몸과 마음이 많이 아팠던 시간들, 상처를 받고 상처를 주기도 했던 주변 사람들, 학교뿐만 아니라 사회로 나온 이후에도 쉽지만은 않았던 일들을 주로 털어놓았어. 그 중에는 어쩌면 다른 어른들에게는 끝까지 감추었어야 할 만한 게 있기도 해. 왜 굳이 그런 것들을 떠올렸을까? 좋았던 일들만 자랑삼아 떠들어 댈 수도 있는데 말이지.

 그건 아마 실수를 통해 배운 것들이 더 많았다는 경험 때문일 거야. 스스로를 돌아볼 때뿐만 아니라 다른 사람들을 볼 때도 그렇더라. 멋지고 훌륭한 사람을 보면 존경심이 들기도 하고, 저렇게 한번 따라서 살아봐야겠다는 생각이 들기도 하잖아? 정반대로 저 사람은 왜 저럴까 싶을 만큼 싫은 모습을 볼 때도 있고 말이지. 저렇게 살지는 말아야겠다고 다짐하게 만드는 사람 말이야.

 앞으로 펼쳐질 글에서 너희들이 어떤 모습을 발견할지는 알 수 없어. 의도와는 전혀 다른 식으로 받아들이는 친구도 있을 거야. 내가 생각하는 모습과 다른 사람에게 보이는 모습은 종종 전혀 다르기 마련이니까. 다만 가능하면 여러 생각을 해 볼 수 있도록 내심 부끄러운 것들도 숨기지 않고 말했어. 쉽게 드러나지 않아서 그렇지 누구나 살다 보면 이런저런 일들을 겪으며 상처가 생기기 마련이거든. 비현실적으로 보일 만큼, 부족한 것 하나 없을 만큼 잘나 보이는 사람조차 알고 보면 숨겨진 아픔이 있는 법인데 나같이 평범한 아저씨가 오죽하겠어.

학교에서 치르는 시험이야 어떤 친구들은 내내 좋은 성적만 받기도 하지. 그러나 인생은 그렇지 않아. 살면서 모든 일에 100점을 맞는 건 불가능하거든. 일을 망쳐 보기도 해야 뭐가 부족한지 알고 채워 나갈 수 있어. 누구든지, 어떤 식으로든지 겪을 어려움을 먼저 겪어 본 경험담을 나누려는 거야.

그렇다고 내비게이션처럼 이쪽 길은 험하니까 저쪽 길로 가라는 식으로 안내하려는 건 절대 아니야. 사람마다 타고난 소질과 재능이 다르고 처한 환경도 정말 제각각인데 모범 답안이라는 게 있기나 할지 모르겠어. 이렇게 저렇게 살아가면 좋다고 말하는 건 책임지지 못할 일이라고 봐. 한 사람으로서 겪은 일들은 한계가 분명히 있으니까. 더구나 세상이 정말 빠르게 변하고 있고 앞으로 어떤 일들이 벌어질지는 그 누구도 모르는데 말이야. 뜻밖의 일들에 부딪혔을 때 어떻게 극복했는지, 어떻게 다시 걸을 수 있었는지를 털어놓은 거니까 각자의 방법을 찾는 데 조그마한 도움이라도 됐으면 좋겠어.

아직은 몸과 마음이 완성되지 않은 때라 불만도 많고 불안하기도 할 거야. 뭘 하고 싶은지도 모르겠고 딱히 잘하는 일도 없는 것 같고 말이야. 지금보다 더 잘나고 멋있으면 좋겠는데 거울을 보기가 짜증 날 수도 있지. 이런저런 영재로 태어나 일찌감치 부와 명예를 차지하는 사람들이 그저 부럽기도 할 거야. 부모님은 왜 이런 모습으로 날 낳았는지, 부유한 집안이기라도 했으면 싶어 원망하는 마음이 들 수도 있어.

요즘엔 '이번 생은 망했다'는 말들까지 하더구나. 절대로 그렇지 않아. 인생을 걷다 보면 그 앞에 정말 뜻밖의 선물들이 놓여 있더라. 그것들을 찾는 데 필요한 건 딱 하나야. 멈추지 않고 뚜벅뚜벅 걷는 거지. 안 가 봤으니까, 모르니

까 불안하고 불만스러운 거야. 어떻게든 첫발을 뗄 용기만
있으면 그다음부터는 저절로 걸어져. 한 가지 비밀을 더하
자면 나 역시 아직도 불안하고 불만스러울 때가 많아. 대
신 그동안 걸어 왔기 때문에 멈추지 않고 계속 걷는 게 조
금 쉬워졌을 뿐이야. 앞으로 나아가기만 하면 된다는 사실
을 겪어서 알고 있으니까 말이지.

2019년 6월

양지열

1장

자칭 왕따에 수학은 15점

영원한 콤플렉스 수학

언젠가 명절에 고향에서 고등학교 동창을 만났어. 졸업하고 처음 본 거라 엄청 반갑게 악수를 했지. 그동안 어떻게 지냈는지 물으며 뻔한 인사를 주고받는데 그 친구가 대뜸 그러는 거야.

"지열아, 너 변호사 한다며? 잘 기억은 안 나지만 변호사까지 될 줄 몰랐는데 말이야. 축하한다!"

나중에 헤어지고 나서 그 말만 머릿속에 뱅뱅 돌더라. 오해는 하지 마. 뒤끝 있는 사람은 절대 아니니까. 그냥 두 가지 사실이 궁금했던 것뿐이야. 우선 기억이 잘 안 난다는 말은 고등학교 시절의 내 모습에 관한 것이겠지? 좋은 친구, 나쁜 친구도 아니고 어떤 사람이었는지 아예 존재감도 없었다는 거 아니겠어. 그리고 변호사가 될 줄 몰랐다는 얘기는 말이지. 아무래도 공부를 잘하는 친구로 기억에 남아 있지는 않다는 뜻이잖아.

그래, 솔직히 자존심이 살짝 상하더라고. 변호사가 뭐 대단한 직업이라서가 아니야. 학창 시절에 그렇게까지 눈에 띄지 않는 편이었나 해서 그러는 거야. 차라리 공부도 안 하고 맨날 놀기만 하더니 용케 전문직으로 일하고 있다는 식이었으면 좋았을 거야. 그런데 그게 아니라 어떤 식으로도 내가 눈에 띄지 않았다는 거니까.

곰곰이 생각하게 되더라고 내가 어떤 학생이었는지. 그래도 초등학교 때까지는 꽤 공부를 잘하는 축에 들었던 거 같아. 선행 학습 같은 걸 한 적은 없지만 책을 많이 좋아했어. 재미있는 책을 한번 잡으면 다 읽을 때까지 밥도 먹지 않을 정도였지. 그렇다고 학교에서 선정한 우수 도서를 열심히 읽은 건 아니야. 주로 잘 모르는 낯선 세계에 대한 이야기에 자주 빠져들었어. '오즈의 마법사 시리즈' 같은 거 말이지.

그러고 보니 생각이 나네. 『오즈의 마법사』 1권을 설날 세뱃돈으로 샀거든. 책을 폈는데 너무 재미있는 거야. 멈출 수가 없었지. 다 읽는 족족 다음 권을 사러 서점으로 갔어. 결국 자정 무렵까지 집과 서점을 오가며 시리즈 여덟 권을 하루에 다 읽었어. 이런 식이었던 거야.

오즈의 마법사에서 시험문제가 나올 일이야 없었지. 그래도 책을 그렇게 읽었던 덕분에 시험문제를 빨리 읽고 이해할 수 있었어. 나름 집중력도 있었고 말이야. 그러니까 반장도 여러 번 하고 그랬지. 그러고 보니 조금 우습긴 하네. 초등학교 시절 반장 몇 번 한 걸로 공부 잘했다고 말하기엔 많이 부족하겠다. 아무튼 초등학교 성적표가 좋은 것만은 사실이야.

그런데 중학교에 올라가면서부터 상황이 조금씩 달라졌어. 나는 별로 변하지 않는데 친구들이 공부를 하기 시작하더라고. 지금처럼 학원이 많지는 않았지만 수학이나 영어처럼 중요한 과목을 배우러 학원에도 다니고 말이야. 난 핑곗거리가 있었어. 초등학교 마칠 무렵에 많이 아파서 큰 수술을 해야 했거든. 다행히 치료는 잘됐지만 건강한 편은 아니었지. 돌이켜 생각해 보면 부모님께서는 내가 더 이상 아프지 않다는 것만으로도 다행이라고 생각하셨 나 봐. 그래서 공부에 대한 압박을 크게 받지 않았어.

게다가 결정적으로 열심히 읽던 책마저 살짝 시들해졌 어. 책에서 눈을 반짝거릴 만큼 색다른 이야깃거리를 찾는 데는 한계가 있더라고. 대신 만화방과 오락실, 요즘의 PC 방이랑 비슷한 곳을 열심히 들락거렸지. 사정이 이렇다 보 니 눈에 띄게 공부를 잘하기는 어려웠지.

그나마 한 가지 다행인 건 사춘기를 맞으면 많이들 그러 듯이 음악에 빠졌다는 거야. 그게 왜 다행이냐면 주로 미 국 대중가요를 들었거든. 요즘이야 케이 팝이 대세라서 오 히려 외국인들이 우리나라 음악을 듣잖아. 예전에는 미국 대중가요를 듣는 게 더 그럴듯해 보였거든. 그 덕에 영어, 특히 듣기 시험은 늘 좋은 성적을 받을 수 있었지.

음, 조금 객관적으로 중학교 시절의 모습을 떠올리자면 이렇구나. 책을 읽거나 만화방이나 오락실을 들락거리고, 그러지 않으면 이어폰을 끼고 틀어박혀서 영어 가사를 알 아듣겠다고 낑낑거렸지. 더구나 땀 흘리며 몸 쓰는 걸 무지 싫어했거든. 어렸을 때 책 읽는 거만 좋아하다 보니 그렇게 됐나 봐. 운동장에서 축구, 야구 같은 걸 하면서 뛰는 게 너무 귀찮아 보였어. 체육 시간마저 건강이 좋지 않다는 핑계로 구석에 앉아 있곤 했거든. 밥 먹는 것도 싫어하고 운동도 안 하니 키가 클 리가 있나. 중학교 이후로는 키 순으로 서면 늘 앞쪽이었지.

돌이켜 보니 이래저래 눈에 띄는 학생은 아니었네. 오랜만에 만난 친구가 날 기억하지 못하는 게 당연하다는 생각이 들어. 게다가 또래 친구들하고 어울려 노는 것도 별로 좋아하지 않았거든. 책 이야기를 나누겠어, 못 알아듣는 음악 이야기를 하겠어? 일부러 그런 건 아닌데도 '자칭 왕따'와 비슷한 존재였던 거지. 아니 어쩌면 왕따였는데 기억을 못 하는 걸까? 아무튼 그런 사실조차 신경 쓰지 않고 혼자만의 세계에서 놀 때가 많았나 봐. 생각할수록 날 기억하지 못하는 게 당연한 것 같아.

그나마 좋아하는 것들, 그러니까 여전히 조금씩은 책을 읽었고, 영어 공부도 음악을 열심히 들었던 덕분에 중학교 과정을 따라가기가 어렵지는 않았지. 학교 수업은 잘 들었으니까 성적이 아주 나쁘지는 않았고 말이야. 1, 2등을 다 툴 정도는 아니었어도 여전히 상위권이었다고 할 수 있을 거야. 아니었으면 말고.

그런데 말이야, 고등학교 때부터는 완전히 다르더라고. 좋아하는 것들을 잘하는 정도로는 어림도 없더라. 특히 수학이 문제였어. 새롭고 신기한 것들에 대한 이야기를 좋아한다고 했잖아. 도대체 숫자와 이상한 기호들은 아무리 들여다봐도 이야기를 못 찾겠더라고. 고등학생이라고는 해도 아직 어른은 아니었지. 하기 싫은 일도 때로는 견뎌야 하는데 쉽지가 않았어. 여전히 수학을 잘 모르기는 하지만 수학 문제는 공식에 따라 순서대로 차분하게 풀어 나가야 하잖아? 성격이 급한 편이라 중간중간 실수를 하는 거야. 정답까지 갈 수가 없었어. 시련이 시작된 거지.

물론 공부를 아예 포기한 건 아니야. 아니 오히려 반대였지. 나름 열심히 해 보려고 노력했으니까. 특히 영어에는 어느 정도 자신감도 재미도 있어서 스스로 기특할 만큼 공부했어. 학원 다니는 건 싫었지만 나름의 계획을 짜서 꼭 지켰으니까. 요즘 하는 말로 자기 주도 학습이라고 해야겠지? 기본서 한 권을 골라서 하루에 일정한 범위는 꼭 봤거든. 처음부터 끝까지 다 보는데 한 6개월 정도 걸렸던 것 같아. 다음엔 그보다 조금 덜 걸렸지. 2년에 걸쳐 열 번 이상을 봤는데 마지막엔 이틀도 안 걸렸어. 그때 정리한 것 덕분에 나중에 사회생활을 하면서도 영어 때문에 어려움을 겪은 일이 없지. 국어는 어렸을 때 책을 많이 읽은 덕을 봐서 꾸준히 괜찮았고. 나머지 과목들이야 하기 나름 아니겠어? 정말 열심히 했어.

그렇다고 남들보다 시간을 많이 들였던 편은 아니었어. 뭐랄까 지금도 그렇지만 노는 걸 정말 좋아하거든. 영화나 음악도 놓치지 않았고 꼬박꼬박 보고 들었지. 지금은 유튜브만 열면 쏟아지는 게 뮤직비디오잖아. 근데 그 시절엔 음악 감상실이라고 불리는 곳에 가야 볼 수 있었거든. 거기서 뮤직비디오를 보기 위해서 대신 그만큼의 시간을 미리 공부했지.

쉬는 시간 10분 같은 자투리 시간을 끌어모으니까 시간이 꽤 되더라고. 짧은 시간이지만 다들 놀 때 집중해서 공부하면 생각보다 효율이 정말 좋았어. 그래서 다른 친구들이 학원 다니는 시간에 영화도 보고, 음악도 들으러 다녔지만 실제로 공부한 시간은 크게 다르지 않았어. 진짜 집중했던 시간은 말이지.

잘난 척하려는 건 절대 아니야. 수학, 물리, 화학 같은 과목들은 정말 싫더라고. 싫어하니 노력도 조금은 부족했겠지? 점수가 거의 바닥을 기어 다녔어. 과학 선생님이 하셨던 말이 기억나. 너 그러다가 노점상 하려고 그러냐며 면박을 줬거든. 속상하더라. 다른 과목은 성적이 괜찮은 편인데 수학이랑 과학 때문에 전체 평균이 떨어지니까. 게다가 말이지 최악은 고3이었어. 담임이 수학 선생님이셨거든. 수학 점수만 잘 나와도 더 좋은 대학, 좋은 학과를 갈 수 있는데 그러지 못했으니까. 무지 구박하시더라고.

도대체 얼마나 못했기에 그러냐고? 그때 대학 입학시험에서 수학은 55점이 만점이었어. 거기서 15점을 받았지. 음, 덧붙여 설명을 하자면 그래도 그때 입시 제도 덕에 좋은 대학에 갈 수는 있었어. 운도 따라서 지원한 학과의 경쟁률도 낮았지. 요즘 같은 상황이라면 어려웠을 거야. 아무튼 무사히 대학까지는 갔지만 오랜만에 만난 친구의 말처럼 중고등학교 시절엔 눈에 띄지 않았던 게 사실이네.
아, 처참했던 수학 성적의 기억은 아직도 생생해. 아마 영
원히 콤플렉스로 남지 않을까?

차갑고 낯설었던 서울

"학생! 어디까지 가? 데려다줄게, 이쪽에 타."

날 부르는 목소리가 어찌나 반갑게 들리던지. 커다란 이불 보따리와 함께 우왕좌왕 어디로 어떻게 가야 할지 헤매고 있었거든. 대학교 입학 전날 서울역에 도착했어. 그때만 해도 KTX처럼 빠른 열차가 없어서 일곱 시간 가까이 기차를 타고 올라와야 했어. 오랜 시간 시달린 끝에 기차에서 내렸는데 사람은 많고 버스나 지하철은 타는 곳이 어딘지도 몰랐지. 마침 그때 친절해 보이는 택시 기사가 날 불렀던 거야.

안도의 한숨을 쉬며 차에 타서 목적지를 알려 드렸어.

명문대 입학한 거 축하한다고도 하더라. 그리고 서울역에서 학교까지 가도 가도 끝이 없는 길을 갔어. 고등학교를 갓 졸업하고 지방에서 올라온 촌놈이 뭘 알겠어. 그저 창밖을 멍하니 바라보며 서울은 참 크구나 했지. 그렇게 하숙집 앞에 도착했는데 웬걸, 택시 요금이 어마어마하게 나온 거야. 후회막급이었지만 어쩌겠어. 그러려니 하고 돈을 치렀는데 나중에 알고 보니 일부러 먼 길로 돌아가서 정상 요금의 서너 배를 받았던 거야. 요즘은 그런 택시 기사가 거의 없지만 그때만 해도 어리어리해 보이는 사람에게 바가지요금을 덮어씌우는 일이 종종 있었거든. 그렇게 처음부터 한 차례 당하며 서울 생활이 시작됐어.

하숙이라는 건 대학교 부근의 집에서 방을 빌려주고 아침, 저녁으로 식사도 주는 거야. 학과도 다르고 학년도 다른 낯선 사람들과 한집에서 사는 거지. 첫 번째 하숙집은 꽤 큰 규모여서 열대여섯 명가량의 학생들이 있었어. 혼자 방을 쓰면 비싸니까 보통 두세 명이 한방을 썼지. 배정받은 방에 대충 짐을 풀고 함께 지낼 친구들과 인사도 나누고, 다음 날부터 시작될 수업의 교재도 챙기고, 그렇게 정신없이 첫날이 지나가더라.

그리고 며칠은 또 바쁘게 보냈던 것 같아. 저녁마다 학과, 동아리 등등 신입생 환영회가 있었거든. 낮에는 넓은 학교 캠퍼스 지리에 적응하느라 허둥댔고 말이지. 대학교는 수업마다 다른 강의실을 찾아다녀야 하거든. 쉬는 시간 10분 동안 다른 건물에 있는 강의실까지 가는 것도 처음엔 버겁더라고. 하지만 허둥대던 날들도 금방 끝났지. 일단 적응을 하고 나니까 남는 시간이 참 많더라. 학교랑 하숙집이 붙어 있다시피 해서 통학하는 시간도 얼마 안 들었지, 강의는 보통 3, 4시면 끝이 났으니까. 입시 준비로 매일 쫓기며 보냈던 고3 시절을 막 마친 터라 자유 시간이 오히려 감당하기 어렵더라고.

심심하고 외로운 시간이 많았어. 게다가 고등학교까지만 해도 대부분 하루 종일 같은 교실에 앉아 있잖아. 자연스레 친구들과 어우러질 수 있었는데 대학교는 그렇지가 않더라. 수업 시간이 비슷한 사람들끼리 모여 점심 식사를 같이하기도 했지만 그것도 한계가 있을 수밖에 없었지. 학교 일정을 마치고 하숙집에 들어와 봐야 부모님도 형제도 기다리고 있지 않잖아. 도서관에서 공부만 하는 것도 어느 정도고 말이야. 어떻게든 밖에서 시간을 보내야 했지.

게다가 그 시절엔 아는 사람들끼리 연락해서 만나기도 힘들었거든. 휴대전화 같은 건 상상 속에서나 존재했어. 지금이야 초등학생도 스마트폰을 가지고 다닐 정도지만 말이야. 24시간 누구하고든 곧바로 전화나 메시지를 주고 받을 수 있고, SNS를 하면서 여러 분야의 사람들과 대화를 나눌 수도 있잖아.

그런데 그때는 완전 달랐어. 전화라고 해야 집집마다 한 대가 고작이었거든. 그래서 전화를 걸고 받는 사람 둘 중에 적어도 한 쪽은 집에 있어야 했지. 한 사람이 공중전화를 사용하더라도 말이야. 그러니 지방에서 올라와 하숙을 하는 학생들끼리는 연락하기가 어지간히 어려운 일이 아니었어. 어쩌다 전화가 연결돼도 다른 사람들과 함께 쓰는 거니까 편하게 수다를 떨 수도 없었고.

그런 상황이었으니까 같은 고등학교를 나와 여러 대학으로 뿔뿔이 흩어진 친구들 소식을 듣기가 정말 어려웠지. 서울로 올라온 지 얼마 안 됐을 때는 각자 하숙집 전화로 연락을 시도해 보긴 했지만 시기를 딱 맞춰서 전화를 거는 건 쉽지 않았지. 그래서 학보라고 각 대학에서 만드는 신문이 있거든. 그 학보와 함께 간단한 편지를 써서 학과 사무실로 보내는 방법도 있었단다. 보내고 답장을 받는 데 일주일에서 열흘 정도 걸렸어. 그러니 자연스레 다른 학교로 간 친구들과 만나는 일이 줄어들 수밖에. 믿기지 않겠지만 옛날 옛적 동화 속 이야기가 아니란다.

무엇보다 밤 시간이 참 힘들었어. 하숙집이라는 곳이 아무래도 딱 잠잘 시간이 아니고는 난방이 따뜻하게 들어오진 않았거든. 게다가 세 명이서 한방을 쓰다 보니 잠자리에 드는 시간을 맞춰야 하잖아. 한 사람이 자겠다고 누웠는데 다른 누군가가 불을 켜 놓고 있을 수는 없으니까. 이래저래 잘 시간 언저리에 맞춰 들어갈 수밖에 없더라고. 보통 밤늦게까지 도서관에 있다가 곧바로 하숙집으로 가지 않고 군것질을 하든, 만화방을 가든 밖을 떠돌다 들어갔지.

그래서 생각해 낸 게 운동부에 들어가기로 한 거였어. 시간도 보람차게 쓰고, 선후배 친구들도 사귀고, 몸도 건

강해지고 말이지. 일석삼조인 셈이니까. 몇 가지 종목을 고민하다 펜싱부를 골랐어. 어렸을 때부터 멋들어져 보였거든. 배울 수 있는 곳이 많지 않은데 마침 동아리가 있더라고. 근데 멋들어져 보인다고 쉬운 건 절대 아니더라. 격투기라서 생각보다 무지 힘들거든. 굳이 이런 얘기를 하는 이유가 있어. 가입하겠다고 찾아갔더니 선배들이 엄청 반겨줬거든. 제 발로 찾아오는 사람이 거의 없으니까 그랬던 거지.

물론 그런 사실을 알고 간 건 아니었어. 처음 운동한 날은 끝나고 서 있기도 힘들 정도였지. 그만둬야 하나 싶었지만 그래도 목적이 분명해서 버텼어. 오기 같은 것도 생기고 말이야. 그런 모습이 기특했던지 마치고 선배들이 저녁을 사 주더라고. 근데 밥보다 술, 그것도 막걸리를 많이 권하는 거야. 술에 익숙할 때도 아니고 막걸리가 어떤 술인지도 잘 몰랐거든. 도수가 낮은 술이라 딱히 술 같은 느낌이 안 들더라고. 한 잔, 두 잔, 세 잔……. 선배들이 주는 대로 받아 마셨지. 그랬더니 막걸리도 잘 먹는다며 마구 부어 주더라고.

그렇게 저녁 식사 자리가 끝나고 다들 헤어졌는데 가방을 도서관에 두고 온 게 생각났어. 학교 앞 주점에서 나와 도서관으로 향했지. 근데 갑작스레 술기운이 올라온 거야. 생전 처음 해 보는 운동에 지칠 대로 지쳐 있었지, 거기에다 독하지 않아서 괜찮거니 하고 막걸리를 너무 많이 마셨던 거야. 갑자기 기억이 끊겼어. 얼마나 시간이 흘렀을까? 눈을 떠 보니 학교 운동장에서 도서관이 있는 쪽으로 가는 계단 가운데에 비스듬히 쓰러져 잠들었더라고. 시간이 늦어 도서관은 이미 불이 꺼졌고 대신 밤하늘에 별빛만 가득했어. 초봄인데도 꽤 춥더라. 몸도 마음도 말이지.

그렇게 대학 생활에 적응해 갔어. 어쨌든 매일 펜싱부에 출석하면서 외로운 시간은 줄어들었지. 사실 살아오면서 정말 잘했다고 여기는 선택 중에 하나야. 운동을 정기적으로 하는 건 정말 좋은 일이거든. 한참 맛 들였을 때는 체육 특기생 수준으로 운동했어. 아침에 눈뜨면 헬스클럽으로 달려갔고 학교 일과가 끝나면 펜싱을 했지. 또 도서관에서 공부를 마치면 다시 합기도나 우슈 도장에 가서 땀을 빼야 비로소 잠자리에 들었을 정도였다니까.

믿거나 말거나 그렇게 운동에 미쳤을 때 성적도 제일 좋
았어. 유일하게 장학금을 받은 학기이기도 했지. 춥고 낯
선 서울을 거친 운동으로 버텨 냈다고 해야겠구나. 그때
들인 운동 습관은 살아가는 내내 가장 큰 자산이 되었단
다. 너희도 어떤 운동이든지 꼭 배워 두렴.

꿈꾸지 않아도 좋아

하나 물어볼게. 잠을 자면 종종 꿈을 꾸곤 하잖아. 그런 꿈에서 완전히 새로운, 겪어 보지 못했던 세상을 본 적 있니? 상상도 할 수 없는 완전히 낯선 세상을 꿈에서 만나는 일이 있을까? 현실은 아니더라도 최소한 영화나 드라마혹은 책에서 알게 된 장면들이 나오겠지. 막 뒤섞이고 뒤틀릴지언정 어느 정도는 익숙한 것들이 꿈에 나올 거야.

물어보는 이유가 뭐냐면 말이지. 어릴 적에 들을 때마다 곤란했던 어른들의 질문이 몇 가지 있는데 그중 하나가 커서 뭐가 되고 싶냐는 것이었어. 어린 마음에 영 혼란스럽더라. 뭘 알아야 하고 싶은 일이 생기지. 내가 뭘 안다고 그런 걸 물어보는지 원망스럽기까지 했어. 물론 학교에서 장래 희망 같은 걸 쓰라는 종이에는 이런저런 직업들을 썼던 것 같아. 대통령, 군인 같은 거창한 일이나 운동선수, 연예인 혹은 의사, 판검사처럼 전문직을 쓰기도 했어. 뭘 썼는지 자세히 기억도 안 나. 하고 싶은 일이 없어서 대충 썼으니 당연하겠지.

다른 친구들도 마찬가지 아니었을까? 너희도 진짜 뭘 알고 쓰는 경우는 별로 없을 거야. 그냥 텔레비전에서 멋져 보인다거나 어른들이 좋다고 하는 직업 중에 고르기 마련이잖아. 진지하게 꿈을 적었다고? 그래, 좋아. 그런데 다시 한번 진지하게 생각해 봐. 그 직업에 대해 정말 얼마나 알고 썼는지. 꿈이라는 어마어마한 단어에 걸맞을 만큼 아는지 말이야. 물론 타고날 때부터 남들과 다른 특별한 재능, 특히 예체능 분야에 그런 소질이 있다면 꿈을 키워 나가야겠지. 하지만 그런 사람이 몇 명이나 되겠어.

요즘 보니까 초등학생 때부터 직업 체험 같은 걸 많이 하더라. 중학생 때는 현장 체험이라며 이런저런 일터에서 크고 작은 경험도 해 보고 말이야. 어느 정도 도움은 되겠지만 여전히 제대로 감을 잡기는 어려울 거야. 일단 말이지 대한민국에는 얼마나 많은 직업이 있을까? 작게 잡아도 1만 가지가 넘어. 사회란 그만큼 복잡한 구조로 이뤄져 있다는 거지. 그래서 초중등 과정에서 직업에 대해 안다는 것은 아무래도 수박 겉핥기에 그치기 십상이야. 사정이 이런데도 꿈이나 장래 희망이라면 으레 직업을 말하도록 요구하는 어른들이 참 야속하지.

해 본 적도 없는 일을 꿈꾸라니 아무래도 모순 같지 않아? 그래서 말이지 난 꿈이 없었어. 더욱 정확하게는 뭘 꿈꿔야 할지 몰랐다고 해야겠구나. 그래도 사는 데 딱히 불편함이 없었어. 하지만 대학 입시를 치르려니 머리가 좀 아프더라고. 무슨 전공을 선택해야 할지 몰랐으니까. 고등학생이 되니까 주변 친구들 꿈이 꽤 현실적으로 변하더라. 취업을 잘할 수 있는 경제 분야, 높은 소득을 올린다는 의사, 변호사, 아니면 안정된 생활을 할 수 있는 교사 같은 식으로 이유도 더 분명해지더라고. 그런데 난 꿈을 도저히 고를 수 없었어. 뭘 해 봤어야 말이지.

그럼 도대체 공부는 어떻게 했냐고? 일단 세상에 대해

무엇인가를 알아 간다는 사실은 좋았어. 눈으로 볼 수 있는 세상은 뻔하지만 지도를 보면 한반도와 지구, 나아가 우주가 어떤지를 알 수 있잖아. 역사를 통해 과거와 현재를 비교하며 지금에 이르기까지 과정을 깨닫고, 외국어를 익히면 그 나라 사람들은 어떻게 사는지도 자연스레 익히잖아. 물론 그렇다고 눈을 반짝거리며 수업을 들었겠구나 하는 오해는 하지 마. 그나마 소소한 재미 정도는 찾을 수 있었다는 정도니까.

솔직히 그보다는 부모님을 실망시키기도 싫었고, 남들 하는 정도는 해야 기죽지 않고 살 수 있지 않을까 하는 생각에 억지로 할 때가 많았지. 많이들 그렇지 않아? 그리고 또 한 가지 있다면 언젠가 진짜 하고 싶은 일을 찾았는데 공부를 안 해 둬서 못하게 된다면 정말 속상할 거 같다는 생각 정도일 거야.

어쨌든 대학에 갈 때까지 꿈이나 장래 희망은 찾을 수 없었어. 일단은 성적에 맞춰 학교를 골랐어. 적성이 아니라 성적에 맞춰 말이야. 그나마 재미있어 보이는 전공을 골랐지. 철학에 대해서 역시 잘 몰랐지만 철학과에 갔어.

왜 이런 식의 말이 있잖아. 소크라테스가 말했던 "너 자신을 알라" 같은 거 말이야. 뭘 모르겠으니까 왠지 철학과에 가면 나에 대해, 세상에 대해 배울 수 있을 거라는 기대를 한 거지. 그다음에 진짜 하고 싶은 공부나 일을 찾아보자는 심산이었던 거야.

그래서 만족했냐고? 배우기는 많이 배웠지. 인간과 세상에 대해 심각한 고민을 많이 하기는 했는데 뭔가 부족하더라고. 혹시 '공자님 말씀'이라는 비유 들어 봤니? 분명 좋은 말이긴 한데 어딘가 현실에 맞지 않을 때 쓰는 표현이야. 아무래도 철학과에서 다루는 내용들이 국가와 사회를 이루는 사상이나 삶의 본질처럼 일상과는 거리가 먼 것들이었어. 그러다 보니 강의실이 아니라 현실에서 세상을 보고 겪고 싶어졌어. 대학에서도 답을 찾지 못했던 거지.

대학원에 들어가 더 많은 공부를 하는 대신 직업을 선택하기로 했어. 문제는 여전히 뭘 해야 좋을지, 뭐가 꿈이고 장래 희망인지 잘 모르는 상태였어. 가능한 여러 방면을 겪어 볼 수 있는 일이 뭘까 찾다가 기자를 발견한 거야. 기자를 하면서 다른 사람들은 어떻게 사는지 살피다 보면 뭔가 찾을 수 있지 않을까 하는 생각을 한 거지. 게다가 기자라는 직업이 조금 멋져 보이잖아. 영화나 드라마를 보면 사회의 어두운 곳을 파헤치고 드러내서 정의를 바로 세우기 위해 노력하는 모습으로 등장하곤 하니까. 사회적, 경제적으로 높은 지위에 있는 사람들을 상대로도 기죽지 않으면서 진실을 폭로하고 그러잖아. 그래서 끌리더라고.

여차저차 해서 신문사 기자가 됐어. 입사 준비를 언론고시라고 부를 만큼 신문사는 들어가기 어려운 직장이지. 월급도 꽤 많이 주는 편이었어. 어떤 분야를 맡느냐에 따라 만나는 사람들이 달라지고 새로운 경험도 많이 했지. 좋아했던 시, 소설 작가들과 어울려 지내기도 했고, 경찰서에서 강력 사건들을 쫓아다니기도 했고, 국가대표 축구선수들을 따라 해외 출장도 다녔어. 꽤 멋지게 들리지? 맞아, 나도 그렇게 생각해.

근데 기자도 그 자체로 만족하기는 어렵더라고. 일단 많이 힘들었어. 처음 사회부에 발령받았을 때는 몇 달이나 밤잠 설치며 사건을 쫓아다녔지. 경찰서에서 살다시피 해야 했으니까. 또, 뉴스로 살인 사건을 보는 거랑 끔찍한 현장에 직접 가는 거랑은 차이가 나도 너무 나. 그런 일을 겪은 가족에게 "지금 심정이 어떠세요?" 하고 물어보는 건 또 어떻고. 불평하는 건 아냐. 충분히 가치가 있는 일이고 보람을 느낄 때도 많았어. 다만 그런 일에 잘 맞지 않는다는 걸 몰랐다는 거야. 조금 당황스러운 사실을 깨닫기도 했어. 낯선 사람들을 만나서 얘기 나누는 걸 굉장히 싫어한다는 사실을 말이야. 우습지 않니? 기자는 늘 새로운 사건을 찾아다녀야 하는데 사람 만나는 걸 꺼렸으니 말이지. 기자 일을 좋아하면서도 그 일의 가장 중요한 부분을 싫어하는 모순된 날들이었어.

그런 가운데 어느 날 변호사라는 직업에 관심을 가지게 됐어. 따져 보면 기자랑 비슷한 부분이 많아. 어려움을 겪고 있는 사람들을 만나고 그들의 고민을 잘 전달해서 문제를 해결하는 일이잖아. 국민을 상대로 뉴스를 만드는 대신 판사를 설득해야 하는 게 다르지. 그냥 전달만 하는 게 아니라 법률 지식과 깊이 있는 의견을 더한다는 것도 매력적으로 느껴졌어. 다양한 분야의 사람과 새로운 사회현상을 겪을 수 있기도 하고 말이지. 상대적으로 너무 많은 사람들을 만나야 하는 일도 아니잖아.

그래서 회사를 그만두고 사법시험을 준비했어. 처음 예상한 것보다 훨씬 어렵게 합격했지. 그만큼 대학에, 신문사에 들어갔을 때보다 더 기뻤어. 그래서 지금 꿈을 이뤘냐고? 글쎄, 그건 아니야. 법이라는 것도 생각했던 것과는 정말 다르더라. 변호사 일도 그렇고 말이야. 때로는 친구였던 사람들이, 부모나 형제였던 사람들이 돈 때문에 싸우는 장에 뛰어들어 대신 싸워야 하는 것이 싫기도 했고. 지금도 가슴 한구석에는 이런저런 불만들이 쌓이고 있어. 10년 정도 뒤에는 또 무슨 일을 하고 있을지 모르겠어.

조금 고깝게 들릴 수도 있겠다. 많은 사람이 선호하는 직업을 두 가지나 겪어 봤으면서 여전히 불만스럽다고 하니까. 하지만 그 과정은 절대 쉽지 않았어. 그래도 꿈을 이루고자 노력해서 극복했던 거야.

하고 싶은 일을 찾는 건 참 어려워. 혹시 지금 딱히 하고 싶은 일이 없더라도 스트레스받지는 마. 하고 싶은 일이 생겨도 실제로 그 일을 하기까지는 노력이 필요해. 그래서 싫은 공부도 억지로 해 둘 필요가 있어. 또 막상 하고 싶은 일을 하더라도 늘 만족스러운 건 아니야.

중요한 건 아무것도 하지 않고 주저앉아 있지는 말아야 한다는 거야. 뚜렷한 소질이나 꿈이 있으면 열심히 좇아야지. 그게 없다면 어딘가에 있을 그 무엇이라도 열심히 찾으라는 거야. 찾았다고 생각했는데 아니다 싶으면? 뭐가 문제인지 파악하고 다른 꿈을 찾아보는 거야. 세상은 만족스럽지 못한 것을 해결하며 조금씩 발전해 왔거든. 개개인의 삶도 그런 거야. 없다고 포기하지 말고 꿈꿨던 것과 다르다고 낙담하지도 마. 열심히 헤엄치다 보면 분명히 어딘가에 닿을 거야. 그러다 생각하지 못했던 곳에서 진짜 꿈을 발견할 수도 있겠지. 길이 보이지 않는다고 멈춰 있으면 가라앉거나 엉뚱한 곳으로 떠내려갈지도 몰라.

사람들이 힘들고 싫어

고민이라 해야 할까, 비밀이라 해야 할까? 어느 쪽인지 모르겠지만 아무튼 하나 털어놓을 게 있어. 혹시 그런 적 있니? 여러 명이 함께 길을 걸으면 어디에 어떻게 서야 할지 곤란하지 않아? 두 명일 때는 그나마 괜찮은데 세 명을 넘으면 같이 가는 사람들 중 누구 옆에 서야 할지, 너무 가깝게 붙으면 불편하지 않을지, 길이 좁아서 맞은편에서 오는 사람들 길을 막는 건 아닌지……. 그런 고민을 하는 상황일 때가 없는지 말이야.

난 자주 그렇거든. 그래서 대부분 누구하고도 나란히 걷지 못하고 뒤편에 혼자 떨어져서 따라가. 앞서가는 사람들을 보면 신기해. 어떻게 저렇게 여러 명이 한꺼번에 움직이는지. 열심히 떠드는 것처럼 보이는데 난 대화에 끼지 못하니 소외감도 들고 말이야. 어릴 적 얘기가 아니야. 지금도 그래.

비단 걸을 때만 그런 건 아니야. 여러 명이 모이는 회식 자리도 불편하게 여겨지곤 해. 사람은 많은데 누구하고 무슨 얘기를 해야 할지 모르겠거든. 끼리끼리 떠들면 다른 중요한 얘기를 못 듣고, 그렇다고 한두 사람만 말하면 나머지는 들러리밖에 안 되잖아. 그런 생각을 하다 보면 자리에 앉는 것부터 어디로 해야 할지 고민스럽거든. 그러다 보니 '90분 법칙'이라는 나만의 습관을 만들어 내기도 했어. 어떤 자리든 아무리 불편하더라도 최소한 90분, 그러니까 1시간 30분은 앉아 있어 보자고 말이야. 오죽 싫으면 이런 걸 만들어 냈겠어.

친구들이나 가까운 동료들에게 간혹 하는 얘기가 있어. 찻주전자로 차를 끓이면 찻잔으로 몇 잔이 될까 물어봐. 보통은 네 잔까지 만들거든. 그 이유에 대해 이렇게 설명하는 거야. '너무 많은 사람이 어울리면 시끄럽기만 하고 차를 즐길 수 없기 때문이다.' 네 명 이상 모이지 말라는 뜻에서 일부러 이렇게 만들었다는 거지. 물론 실제로 이런 얘기가 있기는 해. 하지만 이보다는 찻주전자 하나에서 따를 수 있는 차의 양이 정해져 있기 때문이겠지. 아무튼 많은 사람이 있는 자리는 힘들어.

어쩌다 그렇게 됐냐고? 모르겠어. 원래 그런 기질이 있기도 했을 테고 후천적인 영향도 어느 정도 있을 거야. 어렸을 때 지금은 찾아보기 힘든 대가족이었거든. 증조할머니, 할아버지, 할머니, 결혼하지 않은 삼촌과 고모들까지 다 함께 살았어. 이래저래 아무리 적어도 한 끼에 밥 먹는 사람이 늘 열 명은 넘었지. 요즘처럼 두세 명이 한집에 모여 사는 것과는 달라도 너무 다른 분위기였지. 혼자만 있는 시간이 좀처럼 없었어. 프라이버시는 상상도 할 수 없었지.

그러다 보니 거꾸로 많은 사람과 함께 있는 걸 싫어하게 됐나 하는 생각도 들어. 여러 사람과 있다는 건 그만큼 다른 사람에게 신경을 많이 써야 한다는 거잖아. 어렵게 생각할 필요 없어. 간단히 말해 밥을 먹든, 잠을 자든, 아주 기본적인 행동을 할 때도 다른 사람들과 어느 정도 맞춰 가야 했다는 거야. 화장실을 갈 때도 순서를 생각해야 하고 혹시 급한 사람이 있으면 양보도 해야 하지. 예의나 배려처럼 그럴듯한 말을 붙일 필요는 없어. 그냥 나뿐만 아니라 남들 사정도 생각하며 살아가는 게 습관이 됐다는 거지. 어릴 때는 몰랐는데 어른이 되고 나니 이런 점이 종종 힘들게 여겨지기도 한다는 거야.

그래도 남을 존중하는 거니까 좋은 거 아니냐고? 대체로 그렇긴 한데 꼭 그렇지만은 않을 수도 있더라고. 기자는 자기가 맡은 분야 때문에 평소 자주 만나는 사람들이 정해져 있거든. 사회부 기자라면 강력계 형사나 검사, 경제부 기자는 기업 홍보실 직원, 연예부 기자는 매니저나 기획사 직원이 그런 대상들이야. 한 분야에서 오래 일을 하다 보면 자연스레 형님, 동생 하면서 가깝게 지내기도 하지. 그런 사람들에게도 기자와 취재원의 관계를 떠나 한 사람으로서 신경 쓰며 대했거든.

그런데 간혹 생각지 못한 일이 생기더라. 중요한 기삿거리가 있는데 인간적으로 잘 대해 준 내가 아니라 다른 엉뚱한 기자에게 먼저 알려 주는 식이지. 오히려 배려도 없이 큰소리만 치는, 이른바 갑질을 하는 기자에게 말이야. 왜 그랬냐고 물으면 대답은 늘 비슷했어. 미안하지만 큰소리치는 기자가 두려웠다고, 혹시 기사를 나쁘게 쓸까 봐 걱정이 돼서 그쪽에 먼저 알려 줬다더라고. 어떡하겠어? 그냥 웃어넘길 수밖에 없지. 하지만 역시 속마음은 편하지 않았어. 예의와 배려가 오히려 사람을 만만해 보이게 만드는 건가 싶었어. 기분도 살짝 나쁘고 이러다 계속 손해를 보는 건가 걱정도 됐지.

그렇다고 사람을 대하는 태도를 바꾸기는 싫었어. 변호사 일을 하면서도 달라지지 않았지. 어찌 보면 변호사는 의뢰인을 대신해 싸우는 직업이잖아. 재판 결과를 두고 이겼다, 졌다라고 표현하거든. 서류를 통해 혹은 법정에서 말로써 서로 자기 의뢰인이 옳다고 치열하게 다투는 거지. 근데 간혹 감정적으로까지 목소리를 높이는 변호사가 있거든. 법적으로만 따져서 정교한 논리를 펴면 되는데, 거기에 더해 상대방을 나쁜 사람으로 몰아붙이는 식이지. 그런 변호사를 만나면 당연히 기분이 나빠. 게다가 문제는 간혹 의뢰인이 불평을 하기도 해. 상대방 변호사는 굉장히 열심히 하던데 우린 너무 점잖게만 대응하는 거 아니냐고. 그런 게 아니라고 설명하다 보면 이런 말을 해야 하는 상황이 짜증스럽기도 하더라.

어떨 거 같아? 남을 존중하면 정말 살면서 손해만 보는 걸까? 다행히 그렇지는 않아. 만약 정말 그랬다면 진작 태도를 바꿨겠지. 재판은 법적으로 따지는 건데 법정에서 악다구니만 쓴다고 판사가 편을 들어줄 까닭은 없잖아. 의뢰인 역시 마찬가지야. 재판 결과가 좋으면 결국 만족하기 마련이야. 나중에 비슷한 일로 어려움을 겪는 다른 사람을 소개시켜 주기도 하지. 물론 조금 답답해 보인다는 불필요한 설명을 덧붙이기도 하지만 말이야.

사실은 기자 생활을 할 때도 마찬가지였어. 시간이 걸리기는 하지만 서로 사람으로서 믿음을 가지고 대하게 되더라고. 기자 일을 그만두고 나중에 마주쳤을 때도 서로 반가워할 수 있고 말이지. 총점으로 따지면 손해보다 이익이 더 크더라.

물론 이익 때문에 다른 사람을 배려하라는 건 절대 아니야. 그런 가짜 배려는 금방 들키기 마련이지. 순간순간 불편하고 힘든 건 여전히 어쩔 수 없어. 때로는 정말 예의 없이 제멋대로 사는 사람들이 부럽기도 할 정도로 말이지. 전혀 남을 신경 쓰지 않는 그런 사람들은 하루하루 살아가는 게 얼마나 편할까 싶기도 하지. 자기보다 힘없는 사람들에게 마구 갑질을 해 대고, 여러 사람이 함께 쓰는 공공장소에서 마음대로 하고 말이야. 남들이 욕을 해도 귀담아듣질 않으니 무슨 상관이겠어. 솔직히 진짜 부러울 때도 있어.

그래, 그런 점에서 범죄를 저지르지 않는 한 막사는 편이 낫겠다는 생각을 할 수도 있겠다. 그런데 그거 아니? 이 책을 이 정도 읽었다면 이미 그렇게 살기는 틀렸어. 양지열이라는 사람에 대해 이만큼 알았다는 건 기본적으로 다른 사람에 대한 관심이 있다는 거잖아. 다른 사람이 어떻게 생각하고 느끼는지 알고 싶으면 남들에게 함부로 대할 수 없어. 그리고 그게 중요한 거야. 배려하는 마음은 어떻게든 상대방에게 전해지게 돼 있거든.

다른 사람의 감정이나 생각을 어떻게 파악하는지 아니?

꼭 그 사람의 얘기를 들어 봐야 하는 건 아니야. 눈이 마주치는 순간 서로의 표정과 동작을 자기도 모르게 흉내 내는 거지. 웃는 얼굴을 보면 내 입가에도 웃음이 지어지고 머리로도 알게 되는 거야. '아, 저 사람 기분이 좋구나' 하고 말이지. 감추려 해도 감출 수 없이 전해지기 마련인 게 사람 마음이라고 하더라고. 먼저 배려하고 예의를 갖추면 나 역시 다른 사람들로부터 그런 대접을 받기 마련인 거야. 서로 웃으면 서로 기분이 좋아지는 거지. 사람이 힘들고 싫다는 건 사실 한 사람, 한 사람을 가볍게 여길 수 없기 때문이야. 한꺼번에 많은 사람을 접하면 조금 버겁거든. 물론 꼭 이 정도까지일 필요는 없어. 혹시라도 그런 편이라면 걱정하지 마. 꼭 손해만 보는 건 아니니까.

죽을 만큼 아팠더니 살고 싶더라

진짜 무지무지 아프더라. 보통 머리가 아프다고 할 때 여러 증상이 있잖아. 열이 오르면서 콕콕 쑤시기도 하고 지끈지끈하거나 망치로 맞은 것처럼 멍하기도 하지. 이런 증상들이 각자 최고 강도로 한꺼번에 닥치면 어떨 거 같아? 사실 이 정도 표현으로는 한참 부족하다고 느껴질 만큼 아팠어.

초등학교 6학년 때 겨울방학을 하고 크리스마스 무렵이었어. 잠이 들었는데 머릿속에서 폭탄이 터진 줄 알았다니까. 머리가 산산조각 나는 고통과 함께 잠에서 깼거든. 병원에 가 보니 뇌출혈이었어. 머릿속에 있는 혈관 하나가

찢어지면서 피가 새기 시작한 거야. 엄청 아플 수밖에 없는 상태였던 거지. 보통 어느 부위를 다치면 그곳에 있는 신경이 다친 상황을 뇌로 전달하잖아. 그래야 다친 걸 깨닫고 조치할 수 있으니까. 그러니까 원래 뇌는 신호가 오면 어떤 일이 벌어지는지 판단하는 기관인데 그 자체가 고장이 나 버렸으니 난리가 났지. 새어 나온 피가 흐르면서 뇌 곳곳을 건드릴 때마다 온갖 종류의 고통을 느꼈어.

어쩌다 뇌출혈이라는 병에 걸렸을까? 대부분 고혈압이라는 질병과 함께 온다고 하거든. 피가 너무 많이, 세게 흐르는 바람에 혈관이 망가지는 병인데, 술, 담배를 자주 하거나 좋지 않은 음식을 많이 먹으면 생기는 병이라고 해. 하지만 고작 초등학교 6학년이었는데 고혈압이 있을 리 없잖아. 그렇다고 교통사고처럼 외부 충격을 받을 만한 일도 없었어. 정확한 원인은 알 수 없지만 스트레스 때문이었을 거라고 봐.

응? 열세 살짜리가 무슨 스트레스가 그렇게 심했냐고? 나중에 어떤 분의 말씀을 통해 깨달았지. '문제는 문제로 삼을 때 비로소 문제가 된다.' 알쏭달쏭하려나? 무슨 말이냐면 살다 보면 누구나 여러 일을 겪기 마련이잖아. 그럴 때 큰일 났다고 쩔쩔매면 진짜 큰 문제가 되지만 차분하게 대응하다 보면 대부분 풀리기 마련이라는 거야.

그땐 그걸 몰랐지. 초등학교를 졸업할 무렵 더 이상 아이가 아니라는 사실이 큰 부담으로 느껴지더라고. 중고등학교에서 열심히 공부해 좋은 성적으로 좋은 대학 가고, 좋은 직업을 갖고, 이런저런 앞날들이 끝없는 걱정으로만 다가왔어. 그땐 정말 진지했지만 지금 돌아보면 그런 건 문제로 삼을 일이 전혀 아니었어. 그런데도 밤에 잠도 제대로 못 자고, 신경이 날카로워져서 주변 사람들에게 짜증을 부리기 일쑤였지. 너무 괴로워서 심지어 죽고 싶다는 생각을 할 정도였어. 머리가 터질 것처럼 괴로웠는데 결국 진짜 터져 버린 거야.

쓰러져서 며칠 동안 정신이 들었다 나갔다를 반복했어. 눈을 뜨면 무시무시한 고통으로 견딜 수가 없었지. 병원 밖에서는 마약으로 분류되는 강력한 진통제를 맞고 나면 약에 취해 정신을 차리기가 어려웠어. 꿈인 듯 현실인 듯 귀에 들리는 어른들의 목소리는 한숨이 절반이었지. 도대체 왜 아픈지를 알기조차 어려웠어. 지금이야 동물 병원에도 있는 CT(전산화 단층 촬영) 기계가 그 당시엔 전국에 몇 대 뿐이었거든. 언제 촬영을 할 수 있을지조차 모르는 상황이라 원인도 모른 채 생명을 잃을 수도 있었지.

그러던 중에 첫 번째 기적이 일어났어. 대학 병원의 CT 기계가 고장이었는데 갑작스레 멀쩡히 작동이 되는 거야. 촬영 예약을 했던 환자가 오기 전에 빈 시간이 생겨서 극적으로 CT 검사를 해 보니 뇌출혈이었던 거야. 그때부터 진짜 걱정이 시작됐지. 지금도 그렇지만 뇌출혈은 수술을 하더라도 멀쩡히 살아남을 확률이 희박하거든. 내가 잠든 줄 알고 어른들끼리 나누는 이야기를 엿듣고 안 거지. 진짜 황당하더라. 죽고 싶다고 진짜 죽고 싶은 건 아니잖아. 정말 살고 싶더라.

수술은 열두 시간이 넘게 걸렸어. 엄청 힘들었지. 물론 마취 때문에 누워 있기만 했으니 수술에 대한 기억은 없어. 의사 선생님들이 고생을 한 거지. 하지만 수술이 끝나고 받아야 했던 이런저런 조치 처치들은 기억이 생생하게 남아 있어. 링거를 일고여덟 개씩 한꺼번에 맞아야 했는데 그러다 보니 발등까지 주삿바늘이 꽂혀 있었지. 제일 끔찍했던 건 수술 부위를 꿰매는 일이었어. 수술할 때 마취제를 너무 많이 써서 또 마취를 하는 건 위험했나 봐. 그럼 어떻게 했을까? 맨 정신인 채로 어른들이 달려들어 꼼짝 못하게 붙들고는 스무 바늘가량을 봉합했어. 으…… 이마에 바늘이 드나들던 느낌이 살아나는 것 같아 정말 싫구나.

그래도 수술실에서 영영 잠든 게 아니라서 감사했지. 입원실로 옮기기 전에 며칠 정도는 중환자실에서 경과를 기다려야 했지만 말이야. 뇌출혈이라는 게 암처럼 병든 세포가 있어서 아픈 건 아니거든. 그래서 수술만 잘되면 후유증은 없어. 다만 워낙 민감한 부위인 뇌를 다루다 보니 예상 밖의 일들이 종종 생겨. 신경을 잘못 건드려 신체 일부를 쓸 수 없게 되기도 하고, 뇌 자체에 이상이 생겨서 지능이 어린아이 수준으로 떨어질 수도 있어. 입원해 있던 병동에서 그런 환자들을 쉽게 볼 수 있었어. 나 역시 왼쪽 팔다리를 쓸 수 없게 될 수 있다는 얘기를 들었어. 목숨은 건졌지만 평생 장애를 안고 살아야 할 처지에 놓인 거지.

문제라면 큰 문제인데 희한하게 별걱정이 안 들더라. 일단 머릿속의 고통이 사라진 것만으로도 좋았어. 수술대 위에 누워 수술실 조명을 보고는 그런 생각이 들었거든. 살아서 마지막으로 보는 장면치고 너무 시시하네, 바깥 풍경이라도 한번 제대로 보고 올 걸 그랬나 싶었지. 그런데 어쨌든 살아난 거잖아. 몸의 절반이 마비된다는 것도 그저 작은 불편 정도로만 여겨지더라고.

그렇게 며칠을 조용히 누워 기다렸지. 그리고 두 번째 기적이 찾아왔어. 링거를 다 맞고 잠시 쉬는 시간이었는데 아무렇지 않게 몸이 움직이기 시작한 거야. 머리끝부터 발끝까지 모든 감각이 고스란히 살아났어. 의사 선생님들이 놀라서 뛰어왔다니까. 두 발로 걷는 모습을 본 주치의 선생님은 조상님이 돌보신 모양이라며 수술 덕분이 아니라고까지 했어. 그만큼 멀쩡할 확률이 낮았던 거지.

수술로 인한 붓기가 모두 빠질 무렵 병원을 나왔어. 쓰러진 날로부터 두 달 가까이 지나서였지. 솔직히 털어놓자면 병원에 더 있기 싫어서 몰래 도망쳐 나왔어. 어디 딴 데 가지는 않고 집으로 향했지. 버스를 타니 눈발이 날리기 시작하는데 정말 예쁘더라. 울컥할 만큼 크게 감동적인 느낌은 아니었어. 그냥 잔잔하게 기뻤어. 도시의 흔한 풍경들, 길을 걷는 사람들, 이런저런 가게 간판들, 그 위로 소복하게 쏟아지는 눈송이들. 그렇게 살아 움직이는 것들이 모두 다 예뻐 보이더라.

집에 돌아왔는데 우스운 건 동생들이 성격이 좋아졌다고 하더라고. 신경질적이지도 않고 화도 내지 않고 말이지. 큰일을 겪고 나니 나도 모르게 웬만한 일들은 웃어넘겼나 봐. 물론 몇 달 가지는 않았어. 타고난 성격이 쉽게 바뀌지는 않으니까. 그래도 분명히 수술 전과는 달라진 점들이 있기는 했지. 무엇보다 죽고 싶다는 생각 따위는 하지 않았고 말이야.

지금도 머릿속에는 혈관을 묶은 집게가 남아 있어. 앞머리를 들어 올리면 수술 자국을 고스란히 볼 수 있기도 하지. 힘들다 싶은 일이 있을 때, 어떤 일에 너무너무 화가 날 때, 이런저런 크고 작은 일을 겪으면서 힘겨울 때면 그때를 떠올리곤 해. 살아 있는 것만으로 얼마나 좋은 일인지 말이야.

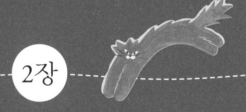

2장

후회하지 않을 만큼만 놀자

우쭐했던 기자 시절

"잘 부탁드립니다, 기자님!"

아마 기자로 일했던 동안 가장 많이 들었던 말 중에 하나가 아닐까 싶어. 좋은 소식이면 좋은 소식대로, 나쁜 소식이면 나쁜 소식대로 기사를 어떻게 쓰느냐에 따라 웃고 우는 사람이 있기 마련이거든. 회사에서 새로운 상품을 내놓았다고 생각해 봐. 상품을 먼저 접해 본 기자가 기사를 어떻게 쓰는지 당연히 관심이 가지 않을까? 소비자들은 기사에 나온 내용을 참고해서 살 것인지 말 것인지 결정할 테니 말이지.

나쁜 일을 저질렀다고 의심을 받고 있는 사람이 있다고

치자. 수사를 한 경찰은 그 사람이 한 행동이 사실이라고 써 주길 바라겠지. 의심받는 사람 입장에서는 조금이라도 결백을 증명하는 쪽으로 기사가 나왔으면 할 거야. 물론 어느 한 쪽 말만 일방적으로 믿는 건 올바른 기자의 자세가 아니야. 진실이 뭔지, 감추어진 이야기가 뭔지 어렵게 캐내야 하지. 그렇지만 부탁하는 듯한 말을 자주 듣다 보면 아무래도 우쭐해지기가 쉬워.

더구나 말뿐만으로 끝나지 않을 때도 많거든. 그렇다고 불법으로 고가의 선물을 받았다는 게 아니야. 일종의 특혜를 누리는 일이 많다는 거지. 아주 간단한 원리야. 새로 꾸려진 아이돌 그룹이 데뷔 공연을 한다고 치자. 기자가 공연을 봐야 관련 기사가 나가고 많은 사람에게 알려지겠지. 그러니 공연, 영화, 스포츠 경기까지 어디서든 기자들을 초대해.

기억에 남는 출장이 몇 개 있는데, 그중 설국이라고 불릴 만큼 눈이 많이 오는 일본의 유명 관광지에 초청받았던 적도 있어. 일주일 동안 그 지역의 제일 좋은 숙소에 묵으면서 스키나 온천을 즐기고 오는 '일'이었어. 좋은 관광지로 한국에 널리 소개해 주기를 바랐던 거지. 좋은 곳을 겪게 해 줘야 좋은 곳이라고 소개할 테니까. 물론 오해는 말아 줘. 기자가 늘 편하고 좋은 일만 하는 건 절대 아니야.

사실 진짜 특별한 혜택은 따로 있었어. 취재를 하기 위해 만나는 사람들은 아무래도 사회에서 높은 위치에 있거나 특별한 일을 하는 사람들이기 마련이잖아. 아무나 쉽게 만나기는 어려운 사람도 있고. 기자는 그런 사람들을 취재원으로 늘 가까이하게 되거든. 어느 부서에서 근무하느냐에 따라 분야는 조금씩 달라지지. 사건, 사고를 다루는 사회부라면 경찰 간부나 판검사를 자주 봐. 경제부라면 기업 임원이나 크게 성공한 사업가를 만나게 되지. 정치부라면 맨날 만나고 상대하는 사람들이 국회의원이야. 업무라고는 하지만 자주 접하다 보면 그런 사람들과 형님, 동생으로 부르는 사이가 되기도 하거든. 그러면 뭔가 착시 현상이 생기기도 한단다. 늘 주변에 있는 사람들이다 보니 자기도 그중 하나인 것처럼 여겨지는 거야. 유력 정치인들과 어울리니까 스스로도 국회의원 정도는 된 것처럼 말이지.

물론 심각한 착각이지. 그 사람들은 절대로 그렇게 보지 않는데 말이야. 좋은 기사를 써 달라는 뜻에서 잘 대해 주는 것뿐이지. 게다가 그것도 내가 잘나서가 아니라 많은 사람을 대신해 사람들이 궁금해할 만한 것들을 알아보고 쓰는 일을 하는 것일 뿐이니까.

좋은 기자라면, 아니 대부분의 기자들이 앞서 말한 환상을 갖진 않아. 다만 사람이다 보니 우쭐해지기 쉽다는 거지. 나 역시 마찬가지였어. 이십대 후반의 젊은 나이에 이미 사회에서 어느 정도 성공을 거둔 사람들과 어울리다 보니 가끔 정신을 놓게 되더라고.

이런 환상을 아주 확 깨 주는 사소한 사건이 있었어. 근무하던 부서에서 송년회 겸 회식을 했거든. 자그마한 음식점을 빌려 파티를 열었어. 기자들끼리만 모인 게 아니라 이런저런 손님들도 모셨어. 이름을 대면 알 만한 유명한 분도 몇몇 오셨지. 그해 정년퇴직을 하신 부장님도 자리에 함께하셨어. 그 부장님은 후배 기자들 사이에서 존경받는 훌륭한 분이시거든.

맛있는 음식들을 먹으면서 한 해 동안 고생했다며 서로 격려하는 좋은 분위기였지. 그런 가운데 부장님께서 초대받아 온 손님 중 한 분을 보고 반갑게 인사하시더라고. "진짜 오랜만이다. 어떻게 그동안 연락 한번 없었냐?" 워낙 예전부터 알고 지내던 터라 서로 반말까지 쓰는 사이였던 거야. 그런데 그 손님의 대답이 딱 이랬어. "야, 끈 떨어진 놈한테 내가 뭐 하러 연락을 하냐?"

설명이 조금 필요하겠다. 저 말의 뜻이 뭐냐면 부장님께서 정년퇴직을 하셨잖아. 더 이상 기자도 아니고 부장은 더더욱 아니지. 그러니까 기사를 잘 써 달라고 부탁할 일이 없다는 거지. 그래서 연락을 안 했다는 거야. 말했듯이 두 사람은 워낙 가까운, 친구나 마찬가지인 사이였어. 그 말을 한 사람은 기자들에게 더 이상 무슨 부탁을 할 필요도 없을 만큼 사회적으로 존경받는 분이었어. 농담으로 그렇게 얘기를 한 거지. 부장님도 얼굴빛 하나 안 변하고 더 심한 농담으로 받아치셨어. 그러니까 분위기가 싸늘해졌던 건 아니야.

하지만 난 뒤통수를 한 대 세게 얻어맞은 기분이었어. 알고 있다고 생각했지만 실제로는 몰랐던 거지. 그동안 기자님이라면서 잘해 주던 사람들의 마음 한구석에 저런 생각이 있겠구나 하는 냉정한 사실을 깨달은 거야. 기자라는 직함을 존중했던 거지 나라는 사람을 그렇게 대했던 게 아닐 수 있다는 거지. 물론 두 가지 모두 겹칠 수는 있어. 그렇지만 과연 기자라는 직함이 없다면 똑같이 대했을까 하는 의문이 커다랗게 생겼지.

아주 재미있게 읽었던 책 중에 이탈로 칼비노가 쓴 『존재하지 않는 기사』라는 소설이 있어. 셀림피아 치테리오레와 페츠의 기사인 아질울포 에모 베르트란디노 데이 구일디베르니 에 델리 알트리 디 코트라벤트라츠 에 수라, 줄여서 아질울포라는 이름의 중세 기사가 주인공으로 등장해. 위기에 빠진 공주를 구하면서 기사 작위를 받고, 빛나는 은빛 갑옷을 입고 뛰어난 무술 실력으로 혁혁한 전공을 세워. 덕분에 저렇게 길고 요란한 수식어가 붙은 이름도 가졌지.

내용은 그를 따르는 하인과 그를 사랑하는 여기사 등이 벌이는 모험담이야. 그런데 왜 제목이 존재하지 않는 기사냐고? 아질울포의 빛나는 갑옷 안은 텅 비어 있어. 무슨 유령 같은 존재가 있는 것도 아니야. 그냥 아무것도 없어.

그에게 붙여진 이름과 기사라는 작위, 빛나는 갑옷은 존재하지만 속에는 아무것도 없지.

　뭐가 뭔지 조금 알쏭달쏭하려나? 사실 세상에는 이런 존재들이 생각보다 많아. 화려한 타이틀을 가졌지만 그걸 빼고 나면 아무것도 남지 않는 사람들 말이야. 내가 그날 송년회 자리에서 깨달았던 게 바로 그거야. 어쩌면 나 역시 그런 사람 중 하나가 아닐까 하는 의심을 한 거지. 기자라는 직함이 없으면 아무것도 아닌 사람 아닐까 하는 의심 말이야. 그때부터 다른 사람들을 보는 눈도, 나 스스로의 생각과 행동도 조금은 더 깊어졌어.

　텔레비전을 틀면 특별해 보이는 사람들이 참 많이 나와. 인기 연예인처럼 많은 사람의 사랑을 받는 사람도 있고, 돈을 아주 많이 번 성공한 사업가나 어디서든 큰소리 뻥뻥 칠 수 있는 권력자도 있지. 그런 사람들을 쉽게 만날 수 있었다는 게 기자로서 누렸던 특혜라는 생각엔 변함이 없어. 다만 왜 특혜인지는 이유가 따로 있어. 가까이서 직접 만나다 보면 겉으로 드러나는 모습이 아니라 그 안에 들어 있는 진짜 존재를 알 수 있거든. 어떤 과정을 거쳐 그런 위치에 올랐는지, 그렇게 가진 특별한 부나 권력을 가지고 어떤 일을 하는지, 정말로 그런 위치에 어울리는 존재인지 말이야. 물론 진짜도 있고 가짜도 많더라고. 정말 배울 게 많은 사람도 있고, 절대로 저렇게 살지는 말아야지 하는 배움을 주는 사람도 있어.

그런데 말이지 중요한 건 기본적으로는 다 비슷한 사람들이라는 거야. 세끼 밥 먹는 것도, 팔다리 다 뻗어도 비슷한 넓이에서 잠이 드는 것도. 크게 다를 거 없더라고. 누군가 뛰어난 능력을 가졌다고 해도 크게 보면 거기서 거기야. 그런데도 사람마다 삶이 차이 나는 이유는 뭘까? 텅 빈 갑옷이 아니라 무엇인가로 꽉 차 있는 존재인지 아닌지에 따라 달라지지 않을까? 겉으로 드러나는 모습보다 속에 있는 진짜 가치를 알아보는 게 더 중요하지 않을까? 꿈과 희망을 가지더라도 그런 가치를 지키면서 찾아가야겠지. 어떻게 하면 그럴 수 있냐고? 일단은 그렇게 해 보겠다고 마음부터 가져 봐. 그럼 길은 저절로 나타날 거야.

기자를 그만두던 날

7년 하고도 4개월 정도 지나서였을 거야. 첫 직장이었던 신문사를 그만두고 나왔을 때 말이지. 겨울이 끝나 가고 있었지만 아직 봄은 오지 않은 날이었어. 그래서인지 건물 밖을 나서는데 버려진 듯 움츠러드는 기분이 들었거든. 이미 몇 차례 얘기를 꺼냈기 때문이지만 딱히 말리지 않고 사표를 받아 주는 회사가 약간은 서운하더라. 제 발로 걸어 나왔는데도 말이지. 따뜻하고 익숙한 곳으로부터 왜 떠났을까? 새삼 그런 질문을 스스로 하게 되더라고.

그때나 지금이나 주변에서 많이들 물어봐. 남부럽지 않은 직장인데 왜 그만뒀냐고 말이지. 지금도 신문사에 취직하는 게 만만치 않지만 예전엔 엄청 인기 있던 직장이라 들어가기가 무척 힘들었거든. 오죽하면 언론 고시라고 했겠어.

모범 답안은 있어. 기자로 일을 하는 것도 보람차지만 조금 더 전문적인 분야를 찾은 것이라고 말이지. 뉴스라는 게 보통 사람들 사이의 갈등에서 일어나는 거잖아. 그런 갈등이 결국 법정에서 다뤄지고 말이야. 그런데도 법은 어렵고 힘든 것으로 여겨지고 있지. 기자 생활을 하면서 얻은 경험을 바탕으로 법을 편하고 알기 쉽게 전하고 싶었다. 대충 이런 내용으로 대답을 해. 물론 이것도 사실이지만 이유의 전부는 아니지. 터놓고 말하자면 불만이 있었어. 결국 기자 생활이 싫으니까 떠난 거지. 정말 만족스러웠다면 그만두지 않았을 거야. 어떤 일이나 사람에 대해서도 역시 마찬가지 아닐까 싶어.

문제는 그 불만이라는 게 과연 그럴 만한 일인가 따져야 하는데 지금 생각해 보면 딱히 그렇지도 않아. 불만을 가질 만한 일이 아니었는데 그때는 몰랐던 거야. 예를 들면 이런 것들이 싫었지. 수습기자일 때 선배들이 전국 곳곳에서 일어나는 어떤 일에 대한 통계를 모으라고 하는 거야. 음, 각 지역 도서관 이용 현황을 모은다고 해 보자. 그럼 곳곳에 전화를 걸어 그해 새로운 책은 몇 권이나 들여놓았는지, 몇 명이나 이용을 했는지, 국가나 사회단체로부터 지원을 받는 부분은 있는지, 이런 것들을 묻는 거야. 자료를 모으면 선배가 전국 도서관 이용 현황을 바탕으로 어느 지역 학생들이 책을 많이 읽는지, 과거와 비교하면 어떤 변화가 있는지 등 도서관에 관한 기사를 쓰는 거지.

딱히 어려울 것도 없는 단순 작업인데 그게 싫었어. 기자랍시고 신문사에 들어왔는데 전화 심부름이나 하는 거 같았거든. 물론 그런 것들은 일종의 훈련 과정이었어. 전화로 인터뷰하는 요령을 익힐 수 있고, 사실을 정확하게 전달하기 위해 꼼꼼히 검토하는 과정이기도 했거든. 어떤 자료들이 뉴스로 전할 만큼 가치가 있는지 판단하는 걸 배우는 거지. 그런데도 그냥 무조건 싫었어.

원하지 않는 부서에서 일을 하는 경우가 있다는 것도 싫었어. 사실 기자가 됐을 때 가장 근무하고 싶었던 부서는 문화부였거든. 수습을 마치고 희망 사항이 받아들여져서 문화부에 발령을 받았지. 원하던 일이었던 만큼 열심히 했어. 좋은 기사도 많이 썼다고 자부할 수 있어. 그런데 어느 날 갑자기 편집국 전체 구조 조정을 하면서 다른 부서로 옮겨 가야만 했어. 딱히 잘못한 일도 없는데 말이지. 그것도 그다지 관심이 없었던 스포츠 담당으로 간 거야. 정말 싫었지만 잘못된 생각이었어. 생각해 봐. 기자는 자기가 좋아하는 일을 취재하는 게 아니라 독자들을 위해 독자들이 관심 있어 하고, 정보로써 도움이 될 만한 뉴스를 찾는 거잖아. 잘못된 불만이었지.

게다가 그때 구조 조정을 한 이유가 엄청난 것이었거든. 혹시 IMF 사태라고 들어봤을지 모르겠다. 고도성장을 하던 대한민국 경제가 어느 날 갑자기 파산한 거야. 심각한 경제 위기가 몰아닥쳤어. 회사들은 줄줄이 도산했고 많은 사람이 하루아침에 직장을 잃고 길거리에 나앉아야 했어.

신문사라고 예외는 아니어서 인원을 많이 줄여야 했거든. 그런 어쩔 수 없는 사정 때문에 편집국 전체 인원 조정을 했고, 부서를 옮길 수밖에 없었던 거야. 그런데도 하고 싶은 일을 못 하게 됐다고 불만을 가진 거지. 이제 와서야 생각해 보니 얼굴이 화끈거릴 만큼 부끄럽네. 어른이었다고 하지만 여전히 철이 없었던 거지.

철없는 불만을 가질 수 있었던 간접적인 이유도 있었어. 얘기했듯이 기자 되기가 참 어려웠거든. 대학을 졸업하고도 2~3년은 더 공부해서 시험에 합격하는 사람도 많았어. 같은 해 입사한 동기들 중에는 다른 회사에 취업해 직장 생활을 하다 기자의 꿈을 이룬 친구들도 있었지. 그런 일자리인데 난 너무 쉽게 얻었거든. 여러 신문사, 방송사들 중 맨 처음 입사 원서를 낸 회사에다가 첫 번째 시험만으로 합격했으니까.

오해하면 안 되는 게 내가 잘나서가 아니었어. 그해 언론사 시험문제가 이전과는 완전히 다른 방향으로 출제됐거든. 그러다 보니 오래 공부했다고 유리한 상황이 아니었던 거야. 게다가 문법과 독해 위주였던 영어 시험을 생활영어와 회화를 강조하는 쪽으로 바꿨던 거야. 때마침 1년간 영어 연수를 다녀왔는데 오자마자 그런 시험을 쳤으니 말이야. 정말 운이 좋았던 건데도 그저 내가 잘나서 쉽게 합격했던 걸로 착각하고 있었던 거지. 어렵게 얻은 자리가 아니다 보니 귀한 줄 몰랐던 거야. 또 많이 부끄럽네.

아무튼 회사를 그만두고 나와서 준비했던 사법시험은 예상보다 너무 어려웠어. 몇 년을 고생한 끝에 가까스로 들어갔던 사법연수원도 진짜 힘들었고. 대한민국에서 가장 어렵다는 시험을 합격한 사람들이잖아. 그들끼리 또 경쟁을 하니까 그 치열함은 이루 말할 수가 없더라고. 그렇게 해서 남들이 부러워하는 판검사로 돼도 끝이 아니야. 기자가 일이 많다고 했는데 법조계 일은 더 하면 더 했지 결코 적지 않거든. 날이면 날마다 서류 더미에 묻혀 살아야 하지. 게다가 힘들게 일해도 조금만 잘못하면 국민들에게 큰 질책을 받게 돼.

변호사도 마찬가지야. 어려움을 겪고 있는 사람의 일을 적지 않은 돈을 받고 해결해 주는 거잖아. 밤잠을 이루기 힘들 정도로 부담감이 큰 일이야. 게다가 늘 성공할 수만은 없지. 결과가 좋지 않으면 의뢰인 앞에서 고개를 들기 힘들어. 사실 겉으로 그럴듯해 보이는 일들 대부분이 그런 식이야. 사회적으로 존중을 받고 경제적으로 여유가 있는 건 그만큼 대가를 치르기 때문이야. 또 다른 전문직인 의사를 예로 들어 생각해 봐. 하루 종일 병원에서 아픈 사람들만 보는 거잖아. 얼마나 힘들겠어.

게다가 시험을 치르고 연수원을 거쳐 변호사로 어느 정도 자리를 잡기까지 십여 년을 보내는 동안 다른 사람들이라고 놀고 있는 건 아니더라. 같은 해 입사한 다음 줄곧 회사에 남아 열심히 일했던 동기들은 부장이나 국장으로 간부가 됐어. 훌륭한 기자로 국민적인 명망을 얻은 친구도 있지. 싫다면서 어렵사리 떠났는데 뒤돌아보니 거기도 좋은 곳이었던 거야.

언론사가 아닌 다른 직장을 선택했던 친구들도 마찬가지야. 기업에서 중견 간부로, 더 나아가 이사나 대표라는 높은 자리에 올라 있기도 하지. 직장 생활이 아니라 자기 사업을 시작해서 돈만 놓고 보면 제일 잘나가는 친구도 있어. 이럴 거면 뭐 하러 기자를 그만뒀을까, 고생해 가면서 변호사가 됐을까 싶은 거지. 남의 떡이 더 커 보인다고 하잖아? 그런 마음이 드는 거야. 참 우습지.

그때로 돌아간다면 다시 회사를 그만두고 나왔을까? 가끔 이런 생각을 하곤 해. 지금 알고 있는 걸 그때도 알았다면 그렇지 않았을 수도 있을 거야. 어디든지 좋은 점, 나쁜 점이 함께 있기 마련이라는 걸 알았다면 말이지. 적어도 불만에 쌓인 채 일을 게을리 하지는 않았을 거야. 어디서든 열심히 노력하면 그에 맞는 의미를 찾기 마련이라는 사실도 알고 있으니까. 물론 하는 일에 따른 차이는 있지만 알지도 못하면서 막연하게 남의 떡이라고 부러워하지는 말아야지.

제자리에 멈추지 않고 더 나은 자신으로 나아가기 위한 불만은 필요해. 다만 그것도 제대로 된 이유가 있는 불만이어야 할 거야. 안 그러면 엉뚱하게 길만 잃고 헤맬 수 있어.

다시 늦깎이 학생으로

회사를 그만두고 당장 그다음 날부터 고시 공부를 시작했어. 그리고 어쩌면 당연한 일이겠지만 당장 그날부터 어려움에 부딪혔어. 우선 책상에 앉아 있는 자체가 힘들더라. 대학을 졸업하기 전 마지막으로 책상에 앉았던 게 언제였는지 기억도 가물가물해졌을 무렵이니까.

또 기자라는 직업이 점잖게 사무실에 앉아만 있는 일이 아니잖아. 사건을 정신없이 쫓다가 어디든 노트북만 펼칠 수 있으면 기사를 쓰는 게 일이지. 그렇게 몇 년 동안을 뛰어다니면서 살았는데 정반대로 틀어박혀 있어야 된 거지. 하루 종일 집에서 책만 바라봤더니 공부는커녕 엎드려서

새록새록 꿈만 꾸고 있더라고.

안 되겠다 싶어 며칠 지나지 않아 고시촌이라고 불리는 동네를 찾아갔어. 사법시험이 있던 시절인데 수천 명의 고시생들이 서울의 신림동이라는 지역에서 먹고 자면서 시험을 준비했거든. 고시 학원, 고시원, 고시 독서실, 고시 식당을 비롯해 서점이나 문방구, 그 밖에 고시 공부를 준비하는 학생들이 필요로 할 만한 모든 것이 모여 있는 동네였어. 해가 채 뜨지 않은 새벽부터 밤늦게까지 공붓벌레들만 오가는 굉장히 독특한 곳이었지.

그러니 첫인상이 좋았을 리가 없어. 남학생이고 여학생이고 햇빛을 못 봐서인지 창백한 얼굴로 베개만 한 엄청 두꺼운 법률 책을 옆구리에 끼고 있었지. 대충 체육복 비슷한 편안한 옷차림에 슬리퍼처럼 역시 편안한 신발을 맞춰 신고 있더라. 저 무리에 끼어들어야 한다고 생각하니 한숨부터 나왔지.

마음을 다잡고 학원부터 찾아가서 이런저런 수업들을 알아본 다음 곧장 독서실 이용권을 끊었어. 하루라도 빨리 공부를 시작해야 하루라도 빨리 이곳을 떠날 수 있다는 씁

쓸한 결심을 한 거야. 가기 전에 인터넷 검색으로 몇 군데 점찍어 둔 독서실 중 한 곳으로 골랐어. 하지만 마음만 너무 급했던 걸까. 처음으로 고시생들이 이용하는 독서실을 간 거잖아. 어떤 분위기인지 짐작도 못 했던 거지.

열람실 안에 들어갔는데 다들 무슨 공부하는 기계라도 된 것처럼 숨소리 하나 내지 않으면서 책을 보고 있는 거야. 움직임도 거의 없고 책장을 넘길 때조차 바스락거리지 않는 거야. 사람이 아니라 돌로 만든 조각상을 모아 놓았나 싶더라니까. 가방을 풀고 배정받은 자리의 선반에 책을 놓으면서 혹시 큰 소리라도 낼까 봐 잔뜩 신경이 쓰였지. 주변 눈치를 어찌나 봤던지 앞으로 어떻게 살아야 하나 절로 한숨이 나더라. 그나마 큰 소리로 내뱉지도 못하고 반쯤 내쉬다 삼켜야 했어.

독서실 분위기가 그럴 수밖에 없는 게 사법시험을 치르기 위해 해야 하는 공부의 분량이 어마어마했거든. 어지간한 교재들은 1,000페이지를 훌쩍 넘어 2,000페이지에 이르렀으니까. 제대로 이해하면서 읽으려면 한 권을 보는 데 한 달이 족히 걸리기도 했어. 그래서 고시생들은 아침부터 저녁 식사 전까지 보통 여덟 시간은 공부를 해야 했어. 그냥 앉아 있는 시간이 아니라 순수하게 책을 보는 시간으로만 말이야. 저녁을 먹고 나서는 주로 학원 수업을 들으러 갔지. 공부 시간을 정확하게 하기 위해 스톱워치를 책상에 놓고 화장실 다녀올 때도 멈춰 가며 시간 관리를 하는 학생들도 많았어.

그러니 독서실에서 꼼짝달싹도 못 한 채 공부를 했던 거지. 혹시라도 시끄러운 소리를 내거나 다른 이유로 옆 사람에게 방해가 되면 포스트잇 세례까지 받는 일도 있어. '책장 넘기는 소리가 큽니다.' '볼펜 딸깍거리는 소리 안 나게 해 주세요.' '엎드려 잘 때 코 골지 마세요.' 심지어는 말이야 '안 씻어서 냄새나요.' '화장품 향 너무 강한 거 쓰지 마세요.' 같은 항의까지 있었어. 그런 포스트잇을 보면 누구나 기분이 좋지 않을 수밖에.

몇 달 정도 지나 적응을 한 다음에는 괜찮았지만 첫날 그런 분위기를 처음 접했을 때는 도저히 감당이 안 됐지. 무지무지 괴로워하면서 글자를 바라보는 건지 책을 읽는 건지 모른 채 앉아 있었어. 일단 엉덩이 무겁게 오래 앉아 있는 훈련부터 해야겠다 싶었던 거지. 아무튼 그러고 있는데 하나둘 자리를 뜨기 시작하더라. 저녁 식사 시간이 된거야. 그나마 점심, 저녁 시간이 고시생들에게는 커다란 낙이야. 친한 친구들과 삼삼오오 어울려 밥을 먹으면서 얘기도 나누고 정보도 교환하는 거지. 물론 나는 그럴 친구도 없었어. 어쨌든 배는 채워야 하니까 역시 인터넷에서 미리 찾아본 고시 식당으로 향했어.

고시 식당을 어떻게 설명해야 할까? 고시생들은 매 끼니 무얼 먹을지 고르는 것조차 불편해할 만큼 공부에 집중해야 하거든. 한편으로는 날마다 밖에서 음식을 사 먹다 보니 돈이 많이 들기도 하지. 그래서 일반 식당보다 싼 가격으로 매일 반찬이 바뀌는 게 고시 식당이야. 마치 학교 급식처럼 식판에 직접 밥과 반찬을 담아서 먹는데 먹고 싶은 만큼 마음껏 먹을 수 있어. 대신 한 달이나 두 달 치 밥값을 미리 내는 거지. 한마디로 고시생들을 상대로 싸게 파는 식당이라고 해야겠구나.

그런데 말이야. 아무래도 직장 생활을 하면서 다니던 식당보다 좋진 않겠지? 게다가 기자라는 직업의 특성상 공식

행사장에 갈 때도 많았을 거 아니야. 나름 고급스러운 식당에 맞춰 입맛이 까다로워져 있었지. 와글와글하는 고시생들 사이에서 식판을 들고 밥을 담아 와서 먹는데 갑자기 눈물이 핑 돌더라. 왜 사서 이런 고생을 하고 있는 건가 싶기도 하고. 나도 모르게 며칠 안 됐으니 다시 회사로 돌아가겠다고 하면 받아 줄까 하는 서글픈 생각까지 하고 있더라고. 다시 생각해 보면 그날 반찬이 그렇게 맛없는 것들도 아니었는데 모래라도 씹는 것처럼 꾸역꾸역 억지로 식판을 비웠어.

기왕 먹는 얘기를 꺼낸 김에 살짝 창피한 비밀도 하나 털어놓아야겠구나. 고시촌에 들어가서 어느 정도 시간이 흐른 뒤엔 나보다 어린 친구들도 사귀고, 공부하는 짬짬이 그들과 어울려 지내며 어엿한 고시생으로 변했지. 그런데 아무도 몰랐던 첫 한두 달은 정말 힘들었거든. 뭔가 긴장을 풀어 줄 오락거리나 쉬는 시간이 필요했어. 그렇다고 긴 시간을 따로 낼 수는 없었지. 그래서 방법이라고 찾은 게 점심시간을 이용해 가끔 만화방에 갔어. 짜장면을 시켜 먹으면서 딱 한 시간 동안만 만화책을 봤지. 이미 아저씨라고 불려도 어색하지 않을 나이였는데 말이야. 그래도 그렇게 먹는 짜장면은 정말 세상에서 제일 맛있는 요리였어!

그런데 어느 날 하루는 점심시간을 못 지키겠더라고. 보던 만화책이 너무 재미있는 거야. 게다가 하필이면 수십 권짜리 시리즈였어. 한 권만 더, 한 권만 더 하다가 오후 내내 그리고 저녁 시간까지 만화방에서 시간을 날리고 만 거야. 물론 고시생이라도 이런저런 이유로 하루 정도 쉬는 날은 있지. 그렇지만 점심, 저녁 두 끼를 먹으면서 학원 수업까지 빼먹고 하루를 만화책으로 날린 거잖아. 스스로 얼마나 한심하게 느껴지던지……. 게다가 요금도 꽤 나왔을 거 아니야? 돈을 치르는데 주인아저씨의 눈길마저 날 한심하게 보는 듯했어. 찔리는 게 있어서 그랬는지 모르겠지만 정말 그랬어. 고시촌엔 몇 년 동안 시험에 합격은 못한 채 반쯤 포기한 상태로 허송세월하는 고시생들도 있거든. 그중 한 사람이 된 듯한 기분이었지. 손꼽히는 신문사의 기자에서 불과 며칠 만에 땅바닥으로 추락해 버린 듯했어. 그것도 만화방에서 말이지. 또 눈물이 핑 돌더라.

그때 스스로를 자책하지 않았다면 정말로 그렇게 됐을

지도 모르지. 나중에 사법시험에 합격하고 그 만화방에 가본 적이 있는데 만화책도 재미없고 짜장면도 정말 맛없더라. 힘든 시간을 보내다 보니 별거 아닌 유혹이 너무나 달콤하고 강력했던 거지. 사람은 의외로 약하기도 하거든. 떨쳐 내고 지나고 나면 참 별일 아닌 것들에 말이야. 특히 하기 싫은 공부라도 할 때면 게임 같은 게 얼마나 재미있는지 잘 알아. 하지만 나중에 돌이켜 보면 정말 별거 아니란 걸 깨달을 거야. 후회하지 않을 만큼만 즐기렴.

세상에 실패란 없을지도 몰라

"솔직히 좀 재수 없다."

잘 모르는 사람들은 내 이력을 보고 이런 생각도 한다더라. 언론사에 들어갔다가 사법시험도 통과하고, 하고 싶은 일을 마음만 먹으면 뚝딱뚝딱 쉽게 해낸 것처럼 보이니까 말이야. 사실 전혀 그렇지 않아. 아무래도 안 될 것 같다는 생각을 해 본 적 있어? 열심히 노력하는데도 도무지 길이 보이지 않는 막막함 말이야. 사법시험을 치르는 과정이 딱 그랬어.

사법시험은 헌법, 민법, 형법을 기본으로 여덟 과목을 공부해야 했어. 공부를 시작한 첫날부터 겁을 잔뜩 먹었지. 무슨 책들이 가방에 들어가지 않을 정도로 두꺼운 거야. 어떤 건 2,000페이지를 넘나들 정도였어. 딱 베개만 한 크기였다니까. 하루 종일 앉아서 읽기만 하는 데도 일주일이 걸렸어. 물론 무슨 말인지 하나도 이해가 안 가서 책을 덮는 순간 기억에 남는 문장이 하나도 없었지. 다른 사람들은 어떻게 이런 시험을 준비했고 합격했나 싶었어.

찾아보니 선배 법조인이 이런 경험담을 썼더라고. '사법 시험 공부는 콩나물을 키우는 것 같다.' 콩나물을 키우는 시루는 밑이 뻥 뚫려 있거든. 물을 부으면 그냥 흘러내리는 것처럼 보이지만 어느새 콩은 싹을 틔우고 길쭉한 나물로 자라나. 그 말을 철썩같이 믿고 따를 수밖에 없었지. 사표를 던지고 떠난 회사 쪽으로 돌아본다 한들 길은 이미 끊겼으니까.

시험은 1차와 2차로 나눠지는데, 1차는 객관식이었어. 뭐 객관식 정도야 찍을 수도 있으니까 한 번쯤 경험 삼아 치러 보자 생각할 수도 있을 거야. 그런데 그렇지가 않더라고. 지문은 엄청나게 긴 데다 팔지선다형이었어. 한 문제가 거의 시험지 한 페이지를 꽉 채우고 있었지. 시험장에서 받은 시험지는 잡지라도 나눠 주는 것처럼 두껍더라고. 어설프게 알아서는 아무것도 모르는 것과 다를 게 없을 정도였어. 추운 겨울 하루 종일 시험장에서 끙끙거리다 나오는데 어찌나 기운이 빠지던지. 지난 1년 동안 뭘 했던가 싶더라. 대학 입시처럼 1년에 딱 한 번 치르는 시험이거든.

그래도 두 번째 도전 만에 1차 시험에 합격했어. 생각보다 빨랐던 셈이지. 2차 시험은 주관식 논술형인데 뭔가 자신감이 꿈틀댔어. 논술은 철학과에 다니는 내내 써 댔고, 직장 생활도 기자였으니 글 쓰는 일만큼은 잘할 수 있다고 여겼으니까. 그런데 지옥이 바로 거기서 시작된 거야. 사법시험 논술이라는 게 일반적인 글쓰기와는 영 다르다는 걸 전혀 몰랐던 거지. 겨울에 치르는 1차 시험을 합격한 사람은 그해 여름에 한 차례, 그리고 다음 해 여름에 또 한 차례 그렇게 두 번 2차 시험을 칠 자격을 주거든. 첫 번째 2차 시험은 아예 시험장에서 엎드려 잤어. 더 정확하게는 엎드려 울다시피 했지. 무얼 쓸지 전혀 몰랐어.

2차 시험은 일곱 과목을 나흘에 걸쳐 치러. 오전, 오후 과목당 두 시간씩을 치르고, 나흘째 마지막 한 과목은 오전, 오후에 걸쳐 세 시간 동안 치르는 거야. 보통 한 과목당 세 문제가 출제되는데 답안지가 A4 용지보다 큰 종이로 여덟 페이지나 주어지는 거야. 어떤 사건에 대한 문제를 주고 법적으로 판단해 보라고 묻는 거지. 그냥 자기 생각을 적는 게 아니라 정확한 법조문과 함께 학자들은 어떻게 보는지, 법원에서는 비슷한 사건에 대해 어떤 판결을 내렸는지까지 정확하게 외우고 있어야 쓸 수 있는 문제들이야.

그러니까 우리나라에서 있었던 중요 사건들을 죄다 꿰고 있어야 하는 거지. 고민할 시간도 부족한 게 여덟 페이지를 채우려면 손가락이 얼얼할 정도로 끊임없이 써야 했거든. 사흘째를 넘어가면 손에 붕대를 감고 오는 수험생들이 있을 정도였으니까.

첫 번째 2차 시험은 첫날 이후 아예 포기했지. 사실 이 부분은 참 많이 후회했어. 끝까지 버텨서 시험장 분위기라도 익혀야 했는데 지레 겁먹고 주저앉아 버린 거니까. 두 번째 시험은 그나마 문제를 다 풀긴 했는데 마지막 날 불합격을 예감했어. 겨우겨우 답안지를 끄적인 수준이었으니까. 그렇게 1차 시험 합격으로 주어졌던 두 번의 기회는 모두 허공으로 날아갔어. 첫 번째, 두 번째라니 가볍게 여겨질 수도 있을 거야. 하지만 그때마다 1년이 지났던 거야. 두 번의 기회를 다 썼으니 1차 시험부터 다시 도전해야 하고 말이지. 어렵게 산 정상 근처까지 올라왔는데 미끄럼틀이라도 탄 것처럼 주르륵 내려왔지. 아니, 그냥 벼랑으로 떨어지는 느낌이었어.

게다가 그 와중에 1차 시험마저도 한 차례 떨어진 거야. 되새기는 것조차 끔찍한 절망감에 사로잡혔어. 혹시 스트레스를 많이 받을 때 꾸는 꿈이 있니? 난 지금도 가끔 그때 일이 꿈에 나오곤 하거든. 어릴 때 무서운 꿈을 꿨던 것처럼 식은땀을 흘리다 잠에서 깨기도 해. 딱히 무슨 일이 없어도 늦가을, 그러니까 1차 시험 날짜가 발표되는 즈음이면 다시 시험장에 끌려가는 꿈을 꿔. 꿈속에서 또 떨어지는 거지. 그만큼 심하게 시달렸던 거야.

생각해 봐. 번듯한 직장을 그만두고 나왔는데 결실을 얻지 못했던 거야. 그때가 벌써 삼십대 중반이라는 나이였어. 직장에서도 온전히 자리를 잡을 만한 때거든. 심지어 주변 친구들은 진급을 하기 시작하더라고.

어떻게 그 시간을 버텼는지 지금은 살짝 신기하기도 해. 내 성격 자체가 대범한 편은 못 되거든. 오히려 이런저런 걱정이 너무 많아서 탈이지. 끝까지 합격하지 못하면 앞으로 어떻게 살아야 하나 온갖 잡념이 꼬리를 물었어. 그런데 말이야. 신기하게도 어느 순간 그런 고민의 줄이 탁 끊어지더라. 딱히 용기가 샘솟는다거나 그런 건 아닌데 그냥 고민 자체를 놓아 버리게 된 거야. 어쩌면 너무 고통스러웠기 때문에 그랬을 수도 있어. 답도 없는 고민이었잖아.

나중 일이지만 누군가 이런 얘기를 해 주더라고. '일어나지도 않은 일에 대해 걱정하는 것처럼 어리석은 일이 없다.' '어떤 일이든 닥쳤을 때 생각하면 된다.' '세상에 해결해 나가지 못할 일이란 건 없다.' 대부분의 문제는 진짜 문제라기보다 문제라고 주저하는 것이 문제인 거야. 먼저 겁먹고 어려운 일이라고 단정해서 풀지 못하는 게 진짜 문제라는 말이지. 그때 이런 마음을 먹었던 것 같아. 머리에서 걱정이 차지하는 용량마저도 아깝다. 그만큼도 공부에 쓰자고 말이야.

그리고 다음 해에 1차 시험에 합격했어. 다시 최선을 다해 그해 여름 세 번째 2차 시험에 도전했지. 결과는 또 실패. 섭섭했지만 신기하게도 그때는 걱정조차 들지 않더라. 냉정하다고 해도 좋을 만큼 무덤덤했어. 그리고 뭘 시작했는지 알아? 글씨체 고치는 연습을 시작했어. 2차 시험은 논술이라고 했잖아. 꼭 명필은 아니더라도 채점하는 사람 입장에서 반듯한 글씨가 보기 좋을 거라는 생각을 한 거지. 물론 글씨 때문에 합격과 불합격이 갈릴 리야 없어. 그냥 스스로를 바닥부터 모두 고쳐야겠다는 일종의 다짐을 했던 거야. 이전의 나를 다 버리겠다는 생각으로, 처음부터 다시 시작한다는 마음으로 말이야. 마지막 도전으로 삼았던 거지. 후회하지 않을 만큼 정말 열심히 했어.

  어려운 시간이었지만 돌이켜 보면 잃은 것보다 얻은 것이 훨씬 많아. 우선 어려운 일에 제대로 된 정보도 없이 덤벼들었다는 게 새삼 우습네. 잘 몰랐으니까 용감할 수 있기도 했어. 하지만 일단 뛰어든 다음에는 성공담도, 실패담도 두루 찾아봤어야 했는데 그렇지 않았어. 자신감과 만용은 구별해야 하잖아. 이전에 별다른 실패를 하지 않았다는 이유로 그냥 막연히 되겠거니 했던 거야. 그 바람에 뒤늦게 시험장에 가서야 당황했으니까 적어도 2~3년은 더 걸렸던 거지.

그래도 후회는 하지 않아. 무엇보다 세상일이 꼭 뜻대로 되리란 법은 없다는 사실을 깨달았거든. 솔직히 그 전엔 조금 싸가지가 없는 편이었어. 자기 소질에 비춰 아주 뜬금없는 일이 아닌 한 뭐든 할 수 있다고 여겼지. 그래서 진학에, 취업에 실패한 주변 사람들을 비웃기도 했어. 때로는 아무리 열심히 해도 손에 닿지 않는 목표가 있는 법이야. 그렇다고 그 사람의 노력 자체를 비웃는 건 정말 온당하지 못해. 꼭 능력이 부족해서도 아니고 실제로 어떤 면에서 능력이 부족하더라도 그것만으로 그 사람에 대한 가치를 평가해서는 안 돼. 그 전엔 이런 것을 몰랐는데 겸허할 줄 알게 된 거지. 수년을 어떤 사회적 지위도 없는 백수로 산 덕분에 진심으로 깨우친 거야. 어쩌면 그걸 배우느라 그렇게 긴 시간이 필요했나 봐.

존중과 겸허를 알고 나니 더욱 용기가 생기더라. 주변 사람들을 존중하게 되니까 저절로 나부터 존중하게 됐나 봐. 사법시험에 실패하더라도 그걸로 끝이 아니라는 생각이 들었어. 지금도 마찬가지야. 변호사가 아닌 다른 일을 하게 됐더라도 얼마든지 자신 있게 세상을 살 수 있었을 거야. 어쩌면 세상에 실패란 없을지도 몰라. 어떤 일이 일어났을 때 그걸 실패라고 여기기 때문에 실패인 거지. 가던 길이 막혔으면 다른 길로 가면 그만인 것을 말이야. 물론 후회 없이 열심히 했을 때 얘기라는 걸 잊지 마.

사기 전문 변호사

지금부터 하는 얘기는 말이야. 어디 가서 소문내지 말았으면 좋겠어. 알아, 물어보지도 않은 얘기를 먼저 꺼내면서 입을 다물라니 우습겠지. 어쨌든 직접 읽은 사람이야 어쩔 수 없겠지만 주변에 알리지 말라는 거야. 왜냐하면 내가 사기 전문 변호사이거든. 사기라는 건 거짓된 말이나 행동으로 다른 사람을 속여서 돈이나 다른 재산상 이익을 챙기는 나쁜 짓이지. 법정에서 그런 사기꾼들을 전문적으로 변론하는 거냐고? 아니, 사기를 잘 당한다는 거야. 명색이 변호사인데 창피하잖아.

법에 관심을 갖게 만든 사건이 있어. 변호사가 되기 전에는 기자로 일했잖아. 기자가 된 지 얼마 안 됐을 때 벌어진 일이야. 취재원으로 수차례 만났던 사람이 있었어. 중소기업 사장인 줄 알았지. 어느 날 전화를 걸어 자기 조카가 대기업에 취업했다고 하더라. 그러면서 신원보증을 해 줄 수 있냐고 묻더라고. 그때는 회사에서 신입 사원을 고용하면서 믿을 만한 사람인지 다른 사람으로부터 확인을 받는 경우가 있었거든. 뭐 어려운 일도 아닌 데다 그런 부탁을 한다는 게 왠지 으쓱하기도 하더라고. 그래서 해 주겠다고 했지.

얼마 지나지 않아 회사 근처라며 점심을 같이 먹자고 연락이 왔어. 신원보증을 부탁했던 그 사람한테서 말이야. 부탁을 하는 입장이어서인지 제법 비싼 식당에 자리를 잡고 기다리고 있었지. 노란 서류 봉투를 식탁 한쪽에 올려놓고 있었어. 그런데 막상 신원보증에 대한 이야기는 꺼내지도 않고 이런저런 세상 돌아가는 이야기만 두루 늘어놓는 거야. 음식도 맛있겠다, 한참을 듣다 보니 점심시간이 끝나가고 있었지. 서둘러 들어가려고 먼저 신원보증 얘기를 꺼냈어. 그랬더니 잊고 있었다는 식으로 서류에 도장 찍는 부분을 내밀더라고. 급한 마음에 확인도 안 하고 서명날인을 해서 넘겨줬지. 맛있게 잘 먹었다는 인사도 했고.

그러고는 그 사람으로부터 연락이 뚝 끊겼어. 몇 달 뒤에 은행에서 독촉장이 오더라. 대출한 돈을 갚으라면서 말이지. 그러니까 그때 도장을 찍어 줬던 서류는 신원보증 용도가 아니었던 거야. 빚보증을 선 거였어. 은행에서 돈을 빌리면서 갚지 못하면 다른 사람이 대신 책임지겠다는 내용의 서류였지. 게다가 그 사람은 아예 해외로 이민을 가 버렸더라고. 처음부터 돈을 떼먹을 셈이었던 거야. 어떻게 됐을까? 뭘 어째, 꼼짝없이 연봉만큼의 돈을 대신 갚았지.

사기를 당한 거였어. 나중에 사법시험 공부를 하면서 보니까 그런 일을 겪은 사람이 나뿐만은 아니더라고. 법원에서 내린 판결을 보니 똑같은 사건들이 있더라. 뒤늦게 위안이 됐다고 해야 하나. 아무튼 법 없이도 살 수 있을 줄 알았다가 법이 뭔지 알아야겠다는 생각을 하게 된 사건이었어.

이렇게 극적인 일은 아니더라도 원래 나쁜 꼬임에 쉽게

넘어가는 편이었지. 학교 다닐 때도 그랬어. 학생이 무슨 돈이 있었겠냐만은 싸구려 경품에 속아 1년 치 학원 강의를 끊는다던가 하는 일이 많았지. 물론 부모님께는 열심히 공부할 것처럼 거짓말하고 말이야. 아무튼 잘 속는 사람인 게 얼굴에 쓰여 있기라도 했을까? 어딜 가도 사기꾼들이 반갑게 맞아 주더라고. 길거리에서 맨 위에만 번지르르한 것들을 올려놓고 안에는 상한 걸로 채운 먹거리를 판다는 얘기 들어 봤니? 그런 걸 여러 번 사 먹어 보기도 했어.

그래서 변호사가 된 다음에는 사기로 피해를 본 사람의 사건을 맡으면 더 열심히 도와줬어. 고소도 해 주고 피해 입은 돈을 되찾을 수 있게 해 주고. 잘 해결하고 나면 다른 사건을 해결했을 때보다 유난히 기분이 좋았지.

처음 변호사 일을 시작했을 때는 법무 법인에 취직을 했거든. 변호사이지만 월급을 받는 직장인인 셈이지. 안정된 생활을 할 수 있는 대신, 하고 싶은 일을 하는 게 아니라 회사에서 나눠 주는 사건들을 처리하는 거야. 변호사들은 얼마간 그런 생활을 하다 보면 독립해서 자기 회사를 차리고 싶어 한단다. 물론 쉽지는 않지. 사무실을 빌리고 일을 도와주는 직원을 채용하다 보면 돈이 많이 들거든. 그래서 쉽게 엄두를 못 냈는데 마침 좋은 기회가 왔어.

독립된 방이 일곱 개나 있고 사무 공간도 넓게 있는 큰 사무실을 쓰는 사람을 알게 됐거든. 그런데 그 사람이 자기 혼자 쓰기엔 공간이 남는다면서 방 몇 개만 따로 빌려줄 수 있다고 하는 거야. 건물 주인한테 줘야 하는 비용의 일부만 내라고 하면서 말이지. 게다가 자기는 건물 외부에 광고할 필요가 없다면서 원하면 변호사 사무실로 간판을 걸어도 좋다고 했지. 다니던 회사를 그만두고 나와 사법연수원 동기 몇 명과 용감하게 법무 법인을 차렸어. 명함에는 '대표 변호사'라고 뿌듯하게 새겼지.

그런데 있지. 사기를 당한 거였어. 그러니까 그 사람은 건물 주인한테 사무실 전체를 빌리는 척하면서 제대로 계약을 안 했던 거야. 돈도 주지 않았고. 우리한테 받아서 건물 주인한테 주기로 했던 돈은 자기가 꿀꺽하고 도망가 버렸어. 건물 주인은 그런 사정은 모르겠다면서 책임을 지라고 했지. 어쩌겠어? 법무 법인 간판까지 걸어 놓고 개업식까지 했는데 말이지. 빈방이 몇 개나 되는 커다란 사무실을 고스란히 떠맡은 거야.

어떻게 됐냐고? 결론부터 말하자면 힘들었지만 다 잘됐어. 울며 겨자 먹기로 시작한 회사였지만 열심히 일한 덕분에 꾸려 나갈 수 있었어. 빈방도 새로운 변호사로 다 채웠고 도망갔던 사람도 붙잡아서 돈을 돌려받았지. 기자였을 때는 돈을 잃었지만 그나마 변호사였기에 되찾을 수 있었다고나 할까?

참 어리석다는 생각이 들 수도 있겠다. 기자, 변호사라면 똑똑한 사람들이 하는 직업이라고 여기는데 말이야. 그런데 세상은 그렇게 만만하지 않아. 아무리 아는 게 많은 사람이라고 해도 약점이 있기 마련이지. 뛰는 놈 위에 나는 놈 있다는 속담도 있잖아. 게다가 전문직일수록 설마 나 같은 사람이 사기를 당할까 하는 자만심 비슷한 게 있거든. 그걸 파고들면 꼼짝없이 당하는 거야. 변호사뿐만 아니라 의사나 교수 같은 사람들도 사기 피해자가 됐다는 뉴스를 종종 볼 수 있을 거야. 자만해서 당했을 수도 있고, 그저 우연히 겪었을 수도 있어. 살다 보면 자기 뜻과 다르게 일이 영 안 풀리는 때를 겪는단다. 중요한 건 실패 때문에 넘어지더라도 어떻게든 추슬러 일어나야 한다는 거지. 같은 실수를 반복하지 않기 위해 노력해야 하고. 만약 또 넘어진다면? 또 일어나야지.

그런 일들을 겪으면서 나름 다짐한 게 있기도 해. 다른 사람에게 사기 치는 변호사가 되진 말아야겠다는 거지. 변호사를 찾아오는 사람들은 이런저런 어려움에 처해 있잖아. 잘못을 저지르지 않았는데도 억울하게 죄를 덮어쓰게 된 상황도 있고, 사업을 하다 일이 잘 안 풀리는 바람에 경제적으로 큰 위기에 몰린 경우도 있고. 어떻게든 해결해 달라고 하기 마련이지. 그럴 때 아주 냉정히 판단해서 얘기해. 잘 풀릴 일이면 할 수 있겠다고 하고 안 될 일이면 안타깝지만 안 되겠다고 하는 거야. 긴가민가하지만 어떻게든 한 번쯤 시도해 볼 만한 일도 있어. 그럼 가능성은 낮지만 해 보겠냐고 의견을 제시하지. 의뢰인 스스로 선택할 수 있는 기회를 충분히 주는 거야.

당연히 그래야 하는 것처럼 들릴 수도 있어. 하지만 어려운 상황에 놓인 사람은 지푸라기라도 잡고 싶은 심정이거든. 그럴 때 마치 해결할 수 있을 것처럼 살짝만 부추기면 쉽게 사건을 맡을 수도 있어. 그럼 돈을 벌 수 있지. 어려워 보이는 일일수록 더 큰돈을 받을 수 있기도 하고. 그런 유혹에 넘어가지 않고 솔직하게 있는 그대로 판단을 내려 주는 게 쉬운 일은 아니야. 당장 눈앞의 큰 이익을 포기하면서 말이야. 우리 회사로서는 해결하기 힘든 일이니 다른 곳에서 상담을 해 보라고, 의뢰인이 될 수 있었을 사람을 돌려보내고 나면 괜한 짓 했나 싶을 때도 있거든.

그런데 길고 넓게 보면 그렇지가 않더라고. 솔직하고 성실한 자세로 사람을 상대하다 보면 나중에 더 많은 사람이 찾아오더라. 꼭 변호사 일만 그런 건 아닐 거야. 사회는 혼자가 아니라 여러 사람이 얽혀 사는 거잖아. 어떤 분야에서 일을 하든 한두 번이 아니라 긴 시간을 두고 여러 사람과 인연을 맺기 마련이고. 그래서 말이지 사기를 당할지언정 사기를 치는 일은 하지 말아야 하더라고. 아, 물론 그때 이후로는 사기를 당하고 있지 않아.

3장

세상과 함께 살아가기

세상은 놀랍도록 불공평하단다

우리는 모두 다 똑같은 사람이라고 말하곤 하지. 그런데 정
말로 그렇게 보여? 당장 주변 친구들을 한번 돌아봐. 누구
는 맨날 노는 거 같은데 성적은 잘 나오지, 다른 누구는 정
말 열심히 공부하는데 시험만 치면 정답 사이로 피해 다
니잖아. 어떤 친구는 축구, 농구 못하는 스포츠가 없는데,
운동에는 전혀 소질이 없는 친구도 있지. 멋있고 예뻐서
주변의 인기를 독차지하는 친구가 있는가 하면, 있는지 없
는지 모르는 존재감 없는 친구도 있지. 사람이라는 건 똑
같은데 그렇다고 모두가 똑같은 사람은 절대 아니잖아.

　그런데 있잖아. 이런 건 불공평이라기보다 다양성에 관

한 문제일 거야. 모든 사람의 소질이나 능력이 다 비슷하면 세상이 얼마나 덤덤하고 건조하겠어. 이런 사람, 저런 사람, 별의별 사람이 다 있어야 재미있지.

단순히 재미만의 문제가 아니야. 너희들이 하루하루를 지내는 것도 얼마나 많은 일이 모여 이뤄지는지 몰라. 직업으로 살펴봐도 하는 일들이 얼마나 많니. 학교만 해도 가르치는 과목이 제각각인 선생님들, 행정 업무를 하시는 분들, 보건실에 근무하는 분들, 학교 보안관분들이 다 따로 있지.

사회에 나가 보면 직업의 종류는 지금으로써는 상상하기 어려울 만큼 많아. 먹고 자는 단순한 일들만 따져 봐도 정말 많은 사람이 엮여 있어. 일상생활을 텔레비전 프로그램이라고 생각해 봐. 눈에 보이는 건 연예인이지만 사실 그 뒤에는 프로그램을 총괄하는 피디, 내용을 꾸리는 작가, 촬영하는 카메라 감독, 소품을 준비하는 스태프 등이 있어야 하잖아. 여러 가지 다양한 능력을 가진 사람들이 없다면 세상은 지금과 같은 모습일 수가 없어.

게다가 너희들은 아직 어떤 소질들을 가지고 있는지 다

드러나지 않았어. 내 주변을 봐도 그렇더라. 학창 시절에 수재로 소문났던 친구가 지금은 어디서 뭐 하는지 찾기 어렵기도 해. 공부보다 운동으로 인기를 끌었던 친구는 대기업 임원이 됐고, 공부와 인연이 없어 대학에 가진 못했지만 장사를 열심히 해서 건물주가 된 친구도 있지. 노래를 곧잘 하기는 했지만 설마 가수까지야 할까 싶었는데, 지금은 온 국민이 다 아는 유명 록 가수인 친구도 있구나. 하기야 나부터도 주변에서 변호사가 될 거라곤 생각도 못 했다니까.

이건 비밀인데, 존재감이 정말 없었던 친구는 정보기관에서 일하고 있더라. 보통 스파이라고 하잖아. 영화에서는 멋들어지게 나오지만 그렇게 하면 남들 눈에 띄어서 절대 안 된다는 거야. 어디 있어도 눈에 띄지 않는, 존재감 없는 사람이 딱 이라는 거지. 그러니까 지금부터 너무 일찍 미래를 놓고 이러쿵저러쿵할 필요가 없는 거야.

말이 나온 김에 평등이라는 게 무엇인지 한번 짚어 보고 가는 것도 좋겠구나. 헌법에는 '모든 국민은 법 앞에 평등하다'고 밝히고 있어. 그렇지만 이게 절대적 평등, 즉 모든 사람을 무조건 똑같이 대하겠다는 말은 아니야. 같은 것은 같게, 다른 것은 다르게 대하겠다는 상대적 평등이지.

무슨 말이냐면 말이지. 어른과 아이가 달리기를 하는데 똑같은 거리를 뛰어서 승부를 내면 평등하니? 비슷한 일을 누구는 열심히, 누구는 놀면서 했는데 같은 돈을 주는 것도 마찬가지로 평등할 수 없지. 각자의 사정에 맞춰 공평하게 대하겠다는 거야. 자기의 소질과 능력에 따라 노력한 만큼 정당한 대가를 가져갈 수 있도록 하겠다는 것이지.

그래, 반박하는 목소리가 들려오는 것 같아. 장애를 가지고 태어났거나 가정 형편이 너무 어려워서 하고 싶은 일을 할 수 없는 사람도 있지 않냐는 거지? 그렇다면 남들보다 앞쪽에서 뛸 수 있도록 출발점을 다르게 잡아 주거나, 국가에서 운동화를 마련해 주는 것 같은 조치를 취해야겠지. 공평하게 경쟁할 수 있는 기회를 마련해 줘야 한다는 뜻에서 평등이란 기회의 평등을 뜻하기도 해. 타고난 불평등을 극복하고 똑같은 사람으로서 살아갈 수 있도록 도와주는 거지. 복지의 문제이기도 해. 이런 일이 국가가 해야 하는 일이야.

알아, 여전히 만족스럽지 못하다는 거. 그런데 왜 열심히 노력해도 취업할 곳이 없어서 힘들어하냐는 거지? 반면에 노력하지 않아도 많은 재산을 물려받아 건물주가 되면 떵떵거리고 잘살 수 있지 않냐는 거잖아. 게다가 거기서 그치지 않고 나쁜 짓을 해서 돈을 아주 많이 벌었다는 사람도 있지. 그런 사람들이 그냥 가만히 있으면 좋으련만 갑질을 해서 평범한 사람들을 힘들게 하는 일도 많지 않냐고 지적하고 싶겠지.

그래, 더 이상 물러설 곳이 없구나. 한 사람의 어른으로서 부끄러운 일이지만 솔직히 그런 현실도 있어. 진짜 불공평한 일도 있는 것이 사실이야. 노력에 비해 더 많은 걸 가져가고 특별한 존재라도 되는 것처럼 다른 사람들을 차별하는 일들이 분명히 벌어지고 있어.

왜 그런 걸까? 한두 마디로 정리하기는 정말 어렵구나. 대신 있잖아, 그런 불공평을 줄이고 없애기 위해 노력하는 일도 꾸준히 이뤄지고 있어. 생각해 보렴. 그런 좋지 않을 일들이 있다는 사실을 어떻게 알게 됐을까? 불공평한 일을 취재해서 세상에 널리 알리는 기자들이 있기 때문이지. 또 이런 일이 법적으로 문제가 없는지 수사하는 경찰, 검찰도 있지. 어려움에 빠져 있는 사람을 변호사가 나서서 도움을 주기도 해. 조금 거창한 비교일지 모르겠지만 히어로들이 등장하는 영화 본 적 있지? 세상을 자기 멋대로 하려는 악당이 있는가 하면, 거기에 맞서 싸우는 영웅도 있잖아. 마스크나 망토를 멋들어지게 두르고 있지는 않지만 세상은 그런 사람들 덕에 조금씩 나아지고 있지. 악에 맞서 끊임없이 싸우는 사람들이 있으니까 이만큼 세상이 발전한 거야. 언젠가 직업을 갖거나 혹은 어떤 문제를 두고 선택해야 할 때 어느 쪽에 설 것인지 정하는 기준으로 삼으면 어떨까?

응? 의문이 하나 더 있다고? 나쁜 마음을 먹는 사람들은 왜 생겨나는지, 그 사람들을 애초부터 막을 방법은 없는 건지 말이지? 악이라는 게 애초에 왜 있는 걸까. 이거야 말로 정말 어려운 철학적 질문이네. 그 이유에 대해서는 벽돌만큼 두꺼운 책이 수없이 많이 있어. 솔직히 몇 권 읽어 봐도 정답은 모르겠더라. 무엇보다 그 나쁜 마음이라는 게 특별한 일만은 아니거든. 언제든 누구에게나 찾아올 수 있는 일이라는 거지. 나부터도 그래. 눈 한번 질끈 감고 좋은 게 좋은 거지 하는 유혹을 느낀 적도 많아. 이를테면 뻔히 법적으로 불리한 사건인 줄 알지만 돈을 많이 준다고 하면 일을 맡고 싶은 거지. 재판에서 이길 수 있다는 거짓말을 해서라도 말이야. 그러니 마구 갈등이 생길 수밖에.

세상일이 그렇더라고. 일이든 마음이든 가만히 있지를 못하고 자꾸 일어나. 그게 좋은 쪽이면 그나마 다행인데 그렇지 못한 쪽으로 기울 때도 많거든. 그러면 또 그걸 바로잡으려고 애쓰는 마음이 필요하지. 왜 그럴까? 어쩌면 그 이유 중 하나로 가만히 있지 않으려는 게 세상이기 때문 아닐까 싶어. 물이 가만히 고여만 있으면 굽이굽이 물길이 생길 일도 없잖아. 흘러야 강물이 생기고, 그 강물을 타고 더 넓고 새로운 세상을 만날 수도 있지.

대신 흘러넘치거나 엉뚱한 곳으로 향하는 걸 막기 위해 끊임없이 애를 써야 하는 거야. 그러면서 냇물이 강물로, 더 커다란 세상으로 나아가는 거지. 마치 선과 악이 싸우면서 세상이 발전해 온 것처럼 말이야. 그러다 보면 언젠가 더 많은 존재가 다 같이 어우러지는 바다에 이르지 않을까? 물론 바다에도 파도치는 날들이 있지만 말이야.

법보다 주먹이 가까운 세상

새벽이 미처 오지 않은 여름밤이었어. 무더위는 아랑곳하
지도 않는지 갑옷처럼 두꺼운 방호복으로 온몸을 감싼 경
찰들이 대학 캠퍼스 안으로 들어오기 시작했어. 학생들의
시위를 진압하기 위해 곤봉과 방패로 무장하고 전국에서
모여든 경찰들이었지.

자정 무렵부터 시작해 몇 시간에 걸쳐 그림자처럼 스며
들더니 커다란 건물이 들어선 언덕을 둘러쌌지. 얼마나 빼
곡히 지키고 서 있는지 도저히 셀 수가 없을 정도더라고.
강의실, 연구실, 실험실로 채워진 커다란 6층짜리 건물에
는 5,000명이 넘는 학생들이 경찰에 쫓겨 5일째 농성 중

이었어. 시커먼 어둠 속에서 검은 헬멧의 물결은 소리 없이 건물을 둘러쌌어. 건물 안과 밖으로 수많은 사람이 있는데도 무거운 고요만 흐르고 있었지.

타타타타타……. 날이 서서히 밝아질 무렵 요란한 헬리콥터 소리가 침묵을 깼어. 경찰 특공대가 투입됐던 거야. 밤새 현장을 지키고 있던 기자들조차 예상하지 못한 강력한 조치였지. 프로펠러가 휘젓는 공기가 폭풍이라도 일으킨 듯 주변이 한꺼번에 들끓기 시작했어. 건물 입구만 지키고 있던 학생들이 옥상으로 올라갔지만 이미 늦었지. 중무장한 특공대원들이 헬리콥터에서 연막탄을 던지며 뛰어내렸고 학생들을 진압하기 시작했어. 특수 훈련으로 단련된 경찰들이 학생들을 때려잡았던 거야. 나무 막대기나 쇠파이프를 들고 맞서 봐야 상대가 되겠어?

옥상을 통해 들어간 경찰들은 건물 안을 휩쓸면서 학생들을 밖으로 내몰았고, 바깥에서 대기하던 경찰들까지 총공격하면서 캠퍼스는 전쟁터로 변했어. 유리창이 산산조각 난 채 흩뿌려졌고 곳곳에 불이 붙어 건물에서 연기가 났지. 얼마나 치열했는지 숫자로 말하면 자세하게 짐작이

갈까? 5,848명의 학생들이 잡혀갔어. 진압 작전을 하던 경찰들도 900여명이 다쳤다고 하는데 학생들은 얼마나 다쳤는지 집계도 안 나왔어.

무서웠어. 학생들이 발과 주먹으로 무수히 얻어맞으며 강제로 끌려가는 모습을 눈앞에서 본다는 건. 그날 무엇 때문에 그런 일이 있었는지는 얘기하지 않을 거야. 무슨 이유에서든 폭력은 폭력이잖아. 온몸이 얼어붙어 어떻게 취재하고 뭐라고 기사를 써야 할지 모르겠더라. 법보다 주먹이 가깝다는 말이 있잖아. 그래서는 안 되지만 누구라도 그런 압도적인 폭력 앞에서는 법이 어떻다고 따질 여유가 없다는 뜻일 거야. 게다가 폭력을 휘두르는 것이 법을 집행하는 경찰이잖아. 법이 주먹을 휘두르는 상황인 거지.

당시 법에 따르면 학생들이 잘못했기 때문에 강경 진압을 한 것이라고 했어. 끌려간 학생들 중 400명 가까이는 구속됐고 감옥에 갇힌 채 재판을 받아야 했지. 많이 혼란스러웠어. 무엇이 법이고, 무엇이 정의인지 말이야. 그날 그런 생각을 한 건 아니지만 어쩌면 그때의 경험이 법은 무엇인가 하는 고민을 심어 준 것도 같아.

무엇이 법인지에 대한 의문은 그로부터 한참 후, 사법시험 준비를 하기 위해 공부를 시작했던 첫날에 다시 들었어. 혹시 '권리 위에 잠자는 자는 보호받지 못한다'는 말 들어 본 적 있니? 법과 관련된 가장 유명한 격언인데 법이 무엇인지를 한마디로 담고 있다고 법학 교과서에 쓰여 있더라. 그날 처음으로 알게 된 거야. 이게 무슨 소리인가 싶더라고. 모름지기 법이란 힘없고 어려운 사람을 지켜주는 거라고 생각했거든. 그런데 저 말은 각자 알아서 하라는 것처럼 읽혔어.

나름 대학교까지 나와서 기자로 일도 했잖아. 충분히 대한민국의 보통 사람 정도로 알 만큼은 알았다고 볼 수 있었지. 하지만 무슨 권리를 가졌으며 어떻게 행사할 수 있는지는 몰랐거든. 그럼 그게 내 잘못인가 하는 반감이 들었던 거야. 가르쳐 준 적도 없으면서 복잡하고 까다로운 법을 어떻게 알아서 하라는 것인지 이해할 수 없었어.

저 말은 법의 여러 절차와 관련이 있지. 이를테면 소송으로 해결하고 싶은 바가 있으면 법원에 와서 왜 그런지 그 이유를 주장하고 필요한 증거도 알아서 내라는 거야.

소송을 당한 상대방 역시 마찬가지로 주장과 증거를 내야 하지. 그러면 법원은 어느 쪽 말이 옳은지 판단해 주는 거야. 스포츠 경기의 심판이나 마찬가지야. 양쪽이 공정하게 싸울 수 있도록 해 주지만 법원이 나서서 직접 진실을 파헤치지는 않는 거야.

조금 더 적극적으로 나서서 어려움을 겪는 국민들을 보살펴 주면 안 될까 하는 생각이 들 수도 있을 거야. 물론 그런 시절도 있었어. 군사부일체라는 한자어 들어 봤을 거야. 임금, 스승, 아버지를 똑같이 받들어 모시라는 뜻이잖아. 길러 주고 가르쳐 주는 부모와 스승처럼 임금도 보살펴 주기 때문이라는 것이지. 대신 사람들을 나라의 주인인 국민이 아니라 다스림을 받는 백성이라고 했지. 그런데 말이야. 역사 시간에 배워서 알겠지만 좋은 임금만 있는 건 아니었잖아. 친부모들 중에도 아동 학대를 하는 나쁜 사람들이 있는데, 뭐.

사람들은 더 이상 그렇게 살지 않겠노라고 선언하며 나섰지. 모두가 나라의 주인이라고 말이야. 주인이면 자기 일은 알아서 하는 게 당연하잖아. 자기 권리가 무엇인지 모르면 보호해 주지 않겠다는 것도 그래서야. 대신 서로 갈등이 있을 때는 주먹이 아니라 법에 의해 해결하겠다는 것이지. 짐작했겠지만 이는 법에 관한 원칙인 동시에 민주주의, 국민이 나라의 주인이라는 이념과 연결되는 거야. 민주주의의 기원을 고대 그리스의 도시국가에서 찾는다는 사실은 배웠을 거야. 공동체를 해치는 사람의 이름을 시민들이 조개껍질 같은 것에 적는 비밀투표를 통해 그 사람을 국외로 10년간 추방하는 제도를 운영했지. 지금으로 따지면 선거인 동시에 재판이었던 셈이야.

물론 모든 국민이 나라를 운영하는 일에 함께하는 건 현실적으로 불가능하기 때문에 대통령, 국회의원이 이를 대신하고 있지. 판검사나 변호사 같은 법률에 관한 전문가들을 양성해 질서를 유지하는 일도 하고 있고. 그런데 그들에게 맡겨 놓기만 하면 어떤 일이 벌어질까? 헌법을 공부하면서 알게 됐어. 한 국가의 가장 기본적인 원칙을 정해 둔 것이 헌법이잖아. 대한민국 헌법 맨 앞부분에는 가장 중요한 내용을 전문이라고 밝혀 놓았거든. 전문은 '불의에 항거한 4·19 민주이념을 계승하고'로 시작해서 '8차에 개정된 헌법'으로 끝이 나.

　대한민국 역사를 아주 짧게 요약해 보자. 초대 대통령은 오랫동안 권력을 유지하기 위해 부정선거를 저지르다 국민들에 의해 해외로 쫓겨났어. 국민들이 독재에 저항해 혁명을 일으켰던 날이 4월 19일이었어. 이런 일은 한 번으로 끝나지 않았어. 쿠데타를 일으켜 권력을 잡았다가 부하의 총에 맞아 숨진 대통령이 있었지. 역시 쿠데타로 권력을 잡고, 이에 저항하는 국민들을 총칼로 짓밟은 대통령도 나왔어. 임기는 무사히 마쳤지만 뒤를 이어 대통령 자리를 물려받은 사람까지 모두 감옥에 가야 할 정도였지.

　그런 일들이 이어지면서 헌법을 여덟 차례나 바꿔야 했던 거야. 총칼을 든 군인들에 의한 독재정치는 끝이 났지만 대통령들의 잘못은 끝이 아니었지. 불과 얼마 전에도 국민이 맡긴 권력을 자신의 것처럼 마음대로 쓰다가 두 명의 전직 대통령이 감옥에 들어갔잖아. 초대 대통령을 포함해 지금까지 대한민국에는 열두 명의 대통령이 있었거든. 열두 명 중에 여섯 명, 그러니까 절반이 그 모양이었던 거야. 참 어이없지.

그런데 말이야. 나중에 그렇게 됐다고는 하지만 그들은 대통령으로 수년씩 권력을 가지고 있던 사람들이잖아. 그 기간 동안 국민들은 얼마나 힘들었을까? 권력을 유지하기 위해 자신들에게 유리한 법과 질서를 만들고 그걸로 많은 사람을 괴롭혔지. 법은 국민들의 뜻을 모아서 만들어야 정의로운 것이지, 욕심 많은 누군가를 위한 것일 때는 주먹이나 마찬가지야.

누군가의 총칼에 마지못해 권력을 맡기기도 했지만, 때로는 깜빡 눈을 감고 권리 위에서 잠자느라 엉뚱한 사람을 뽑았기 때문에 벌어진 일들이었어. 그리고 나중에 그걸 바로잡기 위해 법의 이름으로 휘둘러지는 주먹과 맞서 싸워야 했지. 불과 몇 년 전에도 많은 사람이 추운 겨울 거리에 모여 대통령의 잘못을 외쳤던 일이 있잖아. 물론 그때는 평화롭게 이뤄 낸 촛불 혁명이었지만 그런 일이 가능했던 것도 이전에 많은 사람이 어렵게 싸웠던 덕분이야. 잘못 눈을 감고 권리 위에서 잠자면 다시 '주먹의 시대'로 돌아갈 수도 있다는 걸 기억했으면 좋겠다.

다 같은 어른이 아니야

부끄럽고 민망하다는 말부터 하고 얘기를 시작해야겠다. 이번 얘기는 모두 그렇지는 않다는 사실을 꼭 기억하면서 읽으렴.

판검사나 변호사처럼 법조인이라고 하면 아무래도 머리가 좋고 많은 걸 알 거라고 생각하기 쉽잖아. 그래서 사회적으로 존중을 받는 편이기도 하고. 그런데 의외로 그들 중에 헛똑똑이인 사람도 있어. 물론 공부야 잘했겠지. 문제는 공부만 잘했다는 거야. 그래서 공부가 전부라고 여기는 거야. 법조인끼리 모여서 조금 편한 자리가 만들어지면 꼭 이런 얘기를 하는 사람이 있더라고. '고등학교 때 3년 내내 전교에서 1등을 놓치지 않았다', '전국 모의고사에서 몇 번씩 1등을 차지했다'는 식으로 말이야. 누가 물어보기라도 한 것처럼 말이지. 굳이 말하지 않아도 당연히 다들 공부야 어느 정도 했을 거라고 생각하잖아. 또 학창 시절에 공부 좀 했다고 평생에 걸쳐 모든 분야에서 뛰어난 것도 아니지. 그런데도 학교에서 1등한 걸로 아직까지도 1등인 양 생각하더라니까. 어른이 되어서도 성적 자랑이라니 정말 유치하지.

물론 공부를 잘한 게 부끄러운 일도 아니고, 세상은 자기 잘난 맛에 사는 거라고 하니까 어쩌겠어. 문제는 자랑으로 그치지 않고 비교를 하는 거지. 예를 들어 학교 다닐 때 자기보다 훨씬 공부를 못했던 친구가 있는데, 사업으로 돈을 엄청 벌었다면서 마치 잘못된 일인 것처럼 불평을 하는 거지. 심지어 이제 갓 법조인이 된 후배들에게 주변 사람들로부터 모함받는 일이 종종 있으니 앞으로 조심하라고 충고하는 것도 들었어. 아주 높은 지위에 있는 분이 그런 말씀을 하시는데 솔직히 어이가 없더라고. 아무래도 법조인을 남들보다 특별하고 잘난 사람이라 생각하는 경우가 많으니 그런 말이 나오지 않았을까. 사법시험이 아주 어려운 건 맞지만 그 시험을 통과했다고 해서 인격적으로 훌륭하다든가, 법률 이외에 분야에 관한 지식까지 갖고 있다는 건 아니잖아. 잘못된 엘리트 의식이지.

더 큰 문제는 그런 잘못된 생각을 가지고 있다 보면 아무래도 다른 사람을 낮춰 보기가 쉽다는 거야. 의뢰를 맡았던 사건 중에 고등학생들이 문제를 일으킨 일이 있었어. 학교도 잘 안 가고 PC방 같은 곳에서 어울려 놀던 학생들이었는데, 술을 마시고 오토바이까지 탔다가 사고를 일으킨 거야. 물론 잘한 일은 절대 아니지. 하지만 다른 친구들을 괴롭히거나 다행히도 남에게 피해를 끼치지는 않았거든. 그저 자기들끼리 놀다가 도가 지나쳤던 거지.

정신을 차리게 따끔한 얘기를 해 줘야겠다는 정도로 생각했어. 그런데 그 얘기를 들은 법조인 후배가 아주 한심한 애들이라며 화를 내는 거야. 자기는 그 나이 때 좋은 대학에 가려고 공부에 여념이 없었다는 거지. 대학에 들어간 뒤에도 사법시험 준비하느라 놀아 본 기억도 없을 만큼 열심히 살았다더라. 그러면서 고등학생 주제에 학교도 제대로 안 다니는 아이들에게 무슨 미래가 있겠냐면서 어른이 된 다음에도 사회에 해만 끼칠 거라고 하는 거 있지.

당황스럽더라. 그 친구들이 잘못한 건 맞지만 아직 자기 행동에 전적으로 책임지기에는 어린 나이잖아. 게다가 가정 형편이 좋지 않아서 학원은 고사하고, 대학에 간들 등록금은 낼 수 있을까 싶었어. 한편으로 모든 사람이 열심히만 한다고 공부를 잘할 수 있는 것도 아니잖아. 공부뿐만 아니라 뭐든 딱히 잘한다고 할 만큼 재능이 없을 수도 있어. 열심히만 한다고 누구나 올림픽에서 메달을 따고, 아이돌처럼 무대에서 환호를 받을 수 있는 것도 아니니까 말이지. 하지만 사회 어딘가에 분명히 그 친구들의 자리가 있을 거야. 사실 대부분의 사람들이 평범한 게 이 세상이니까. 아이들이 평범한 어른으로 자랄 수 있게 도와주는 게 어른들의 몫이고 말이야.

이런저런 말로 후배를 타일렀지만 입이 쓰더라고. 사람들 사이에서 벌어지는 여러 가지 갈등을 잘 조절해 주는 게 법인데 그 후배는 자기 기준으로만 세상을 보는 건 아닌지 걱정스러웠거든. 공부만 잘했을 뿐이지, 아니 공부를 잘하다 보니 다른 사람의 어려움을 이해 못 하는 건 아닌가 싶어서 말이야.

그런 어른들이 법조계에만 있는 건 아니야. 자기밖에 몰라서 다른 사람들의 삶은 받아들이지 않는 어른들이 생각보다 많아. 굳이 법조인을 예로 든 건 세상은 공부만 잘한다고 모든 게 해결되는 건 아니라는 걸 강조하고 싶어서야. 다른 방면으로 사회적, 경제적으로 어느 정도 성공한 사람들 중에서도 그런 사람이 있어. 나름대로 노력했거나 혹은 부모님을 잘 만난 덕분일 수도 있지.

세상이 어떻든 나만 잘 살면 되는 거 아니냐고 생각할수도 있을 거야. 그런 생각이 뭐 나쁜 일이냐고 말이지. 그런데 세상은 넓고 참 복잡해. 혼자만은 결코 살아갈 수 없거든. 어려운 사람을 돕고 살아야 한다는 도덕적인 얘기가 아니야. 나만 생각하는 사람은 자기만의 시각으로 세상을 바라보고 자기만 옳다고 여기는 독선에 빠지기 마련이야. 다른 사람을 배려할 줄 몰라 갈등을 일으키기 쉽지. 걸핏하면 주변 사람들을 미워하기도 하고 말이야. 어떤 일이든 모르면 답답하고 화가 나기 마련이잖아. 다른 사람의 생각과 행동을 이해할 수 없으면 딱 그런 일이 벌어져. 왜 그래야 하는지도 모르면서 불만과 증오에 사로잡혀 살면 얼마나 불행하겠어.

그렇게 다른 사람에 대한 혐오에 빠져 사는 사람이 생각보다 많아. 이성을 싫어하고, 장애인을 꺼리고, 외국인을 차별하고 말이지. 모두 상대방을 잘 몰라서 벌어지는 일이야. 걱정스럽게도 요즘엔 이렇게 미움을 부추기는 목소리들을 아주 쉽게 들을 수 있더라. 비슷한 성향을 가진 사람들끼리 모여드는 인터넷 사이트가 그렇지. 남성은 여성을, 여성은 남성을 향해 비난하고 손가락질하지. 초등학교 교실에서나 있을 법한 일인데 어른들이 그러고 있어. 잘못된 생각을 하는 사람들이지만 여럿이 모여 있으니까 마치 세상 전부가 그런 것처럼 여겨지는 거야.

게다가 미워하는 마음은 아주 강력한 감정이거든. 한번 그런 얘기를 귀담아듣고 빠져들기 시작하면 쉽게 벗어나기가 어려워. 자기들끼리 얘기를 주고받으며 절대적인 진리라도 되는 양 잘못된 확신에 사로잡히는 거지. 얼마나 어리석은 생각이니. 엄마, 아빠 없이 태어난 사람이 어디

있어? 남녀가 서로를 미워하면 세상의 절반을 미워하는
거잖아? 그런데도 그런 어른들이 있어.

여러 이유가 있겠지만 근본은 다른 사람을 나와 같은 사
람으로 여기지 않는 데 있을 거야. 사실은 전혀 다르지 않
은데 말이지. 좋은 예가 하나 있는데 이민자의 나라라는 미
국 이야기야. 새로운 땅에 나라를 세우면서 다른 나라에서
여러 사람들이 모여 들었지. 여러 인종과 문화가 함께 살다
보니 갈등도 많았어. 흑인에 대한 인종차별이 대표적이야.
다 같은 사람이라고 생각하지 않았기에 벌어진 일이지.

어느 날 미국에서 조상 찾기가 유행으로 번졌대. 몇 세
대가 지나면서 내 조상은 어느 나라에서 왔는지 궁금해하
는 사람들이 많았던 거지. DNA 검사를 해서 조상이 어느
나라에서 왔는지 알아보는 거야. 그런데 뜻밖의 결과가 너
무 많았다고 해. 부모님으로부터 들었던 얘기랑 완전히 다
른 거야. 더구나 평생을 싫어했던 나라의 핏줄이 섞여 있
어서 충격을 받은 사람도 많았다고 해. 독일인이나 유태인
혹은 동양인을 좋지 않게 여겼는데 자기 조상 중에 그쪽
계열이 있다는 거야. 인종차별이라는 게 근거 없는 일이라

는 걸 밝혀준 거지.

사실 우리나라 사람들을 검사해도 그렇대. 단일민족이라고 하지만 그렇지 않다는 거야. 중국과 일본은 물론이고 동남아시아 여러 나라의 피가 섞여 있을 때가 많다는 거야. 다른 민족, 다른 사람을 미워한다는 게 결국 스스로를 미워하고 있었던 거지.

인도 지역에서 쓰는 나마스테라는 인사말 알아? 당신 안의 거룩한 존재에게 내 안의 거룩한 존재가 경배를 드립니다. 이런 뜻이래. 남을 존중하는 것이 바로 내가 존중받는 길이야. 나마스테!

이름 석 자를 세상에 알리다

감추고 싶은 비밀을 하나 더 털어놓으려고 해. 초등학교 어느 해 겨울이었어. 내 이름이 지역 라디오방송에서 한나절 동안 거듭 불린 적이 있어. 영광스러운 이유로는 아니야. 부모님이 경찰에 실종 신고를 하신 거지. 실망을 드려 죄송스럽고 부끄럽다는 내용의 편지를 한 장 남겨 놓고 집을 나가 버렸거든. 서울 같은 대도시에서 일어난 일이었다면 주목받기 어려웠겠지. 추운 겨울날 지방의 소도시에서 초등학생 하나가 가출하는 바람에 작은 소란이 일었던 거야. PC방 같은 곳도 없었을 때라 당장 하루를 버티기도 어려울 수 있었으니까.

왜 그랬는지 막상 얘기를 꺼내려니 창피하네. 그해 담임 선생님이 엄청 까다롭고 엄격하셨거든. 자주 시험을 치렀는데 아주 어렵게 문제를 내셨어. 반장이었던 터라 조금은 애를 써서 그럭저럭 버텼지. 그런데 어느 날인가는 유난히 공부하기가 싫은 거야. 암기해야 할 내용을 깨알 같은 글씨로 적은 쪽지를 만들었어. 그런데 하필 그날따라 시험이 진짜 어려웠어. 결국 나만 100점을 맞았더라. 그래도 평소 성적이 좋았던 까닭에 담임선생님이 의심은 하지 않더라고. 대신 다른 애들이 그만큼 혼이 난 거지. 그래서 양심의 가책을 느꼈던 거냐고? 뭐, 조금 그렇기도 했지만 그게 중요한 일은 아니었어.

집으로 가는 길에 같은 반 친구 녀석이 의미심장한 눈빛을 띠고 다가오더라. 모든 걸 알고 있다는 거였어. 덜컥하고 심장이 내려앉는 기분이었지. 얼마나 당황했던지 아마 입막음을 한답시고 군것질거리를 사 줬던 것 같아. 그렇게 넘어가는 줄 알았지. 근데 며칠 지나 이 녀석이 장난감을 사 달라는 거야. 어쩔 수 없이 사 줬어. 그때부터는 며칠에 한 번씩 노골적으로 이것저것 요구를 하는 거야. 심지어 용돈까지 줘야 했어. 지금 생각해 보면 그 녀석만 탓할 수는 없을 것 같아. 꼬박꼬박 황금 알을 낳는 거위를 마다 할 이유가 없잖아. 몇 차례 반복되는 사이 그 녀석도 나쁜 짓이라는 걸 못 느끼게 된 거겠지. 반면에 내 괴로움은 갈수록 커졌어. 게다가 초등학생이 무슨 돈이 있겠어? 엄마, 아빠 지갑에 손을 댔던 거지. 그 바람에 죄의식 역시 점점 커졌고.

겨우 그런 일로 가출할 생각까지 했냐고 되물을 수는 있어. 하지만 당시의 나로서는 정말 심각했거든. 왜 그랬을까 하는 후회와 함께 선생님, 부모님이 아시면 얼마나 실망할까 하는 생각에 내내 그 녀석 손아귀에서 빠져나오질 못했던 거야. 짧은 인생이 죄악으로 물들어 버린 것 같아서 고통스러웠어. 그대로 있다가는 진짜 죽을 것만 같았지. 그래서 대신 어딘가 멀리 떠나기로 한 거야. 그래 봐야 시가지를 벗어나지도 못했지만 말이야. 그래서 방송과 경찰의 눈을 피할 수 없었던 거야. 남기고 간 편지 덕분에 진실은 드러나 있었고 한바탕 소동이 벌어졌지. 나도 그렇지만 그 친구도 정말 죽지 않을 만큼 혼났던 걸로 기억해.

그냥 웃고 넘길 일이라고? 그럴 일이 아니었다니까. 나름 엄청 힘들고 진지했어. 고해성사를 하는 기분으로 털어놓는 거야. 이 얘기를 한 이유가 있어. 이 일 덕분에 대단히 큰 교훈을 얻었거든. 사람은 누구나 실수할 수 있지. 달콤해 보이지만 독이 든 유혹에 빠질 수도 있고. 근데 뭔가 잘못됐다는 걸 느꼈다면 최대한 빨리 자수해서 광명을 찾아야 해. 한두 번은 넘어갈 수도 있어. 그런데 꽁꽁 숨기고 있을수록 일은 점점 커지더라. 언젠가는 도저히 감당하기 어려운 무게로 짓눌리게 돼. 늦었다고 생각할 때가 가장 빠르다는 말이 있잖아? 진리야.

고작 초등학교 시절 일로 너무 거창하게 생각한다고 여길까 봐 살면서 겪은 몇 가지 얘기들을 더 해 줄게. 미리 예방주사를 맞았던 덕분에 피할 수 있었던 일들이지.

지금은 없어졌지만 기자들이 촌지를 받던 시절이 있었어. 관공서나 기업에서 봉투에 두둑한 현찰을 넣어 줬던 거야. 힘들게 일하는데 회식할 때 쓰라면서 말이야. 돈이 아니라 값비싼 제품을 시험 삼아 써 보라며 줄 때도 있지. 기자도 그저 월급을 받는 직장인이잖아. 건네지는 것에 욕심이 안 날 수 없지. 하지만 그런 걸 받다 보면 써야 할 기사, 특히 비판적인 내용을 제대로 쓰기 어려워질 수 있어. 그렇지 않아? 실컷 얻어먹고서 싫은 소리를 하려면 미안해질 수밖에 없잖아. 사람 마음이란 그런 법이니까. 그래서 난 이런저런 이유로 건네지는 촌지나 선물을 받지 않았어. 정의감 이전에 나중에 어떤 일이 생길지 걱정이 돼서 그랬던 거야.

돌이켜 보면 황당한 일을 하는 기자도 있었어. 월급으로는 유지하기 힘든 고급 차에, 명품을 쓰는 사람들이 있더라고. 심지어 촌지로도 감당하기 어려운 수준의 사치를 부리는 사람도 있었어. 알고 보니 대가를 받고 정보를 팔고 있었던 거야. 예를 들어 청와대나 국회에서 어떤 정책을 만들 때 아직 국민에게는 알리지 않는 것들이 있거든. 어떤 정책인가에 따라 기업 운영에 큰 영향을 줄 수도 있고, 주식시장에서 큰돈이 왔다 갔다 할 수도 있어. 그런 정보들을 미리 빼돌려 팔았던 거야. 어떻게 그런 일을 시작했든 달콤한 유혹이었겠지. 하지만 난 그런 일은 꿈도 꾸지 않았어. 걸리면 어떻게 될지 무서웠거든. 실제로 그런 기자들은 모두 일자리를 잃었고 감옥까지 가야 했어.

유혹이 따르는 건 변호사도 마찬가지야. 법원이나 검찰 주변을 맴도는 브로커라고 불리는 사람들이 있어. 돈을 많이 받을 수 있는 큼직한 사건을 변호사에게 연결시켜 주고 그중 일부를 수수료로 받는 거지. 그런데 그런 일은 법으로 금지돼 있거든. 의뢰인에게 당장 큰일이라도 날 것처럼 사건을 부풀려서 필요 이상의 돈을 받기도 하고, 돈을 목적으로 억지로 사건을 만들어 내기도 하니까. 하지만 변호사 입장에서는 혹할 수도 있지. 가만히 있는데 큰돈을 가져다준다고 하니까. 특히 시작한 지 얼마 안 돼서 일이 많지 않은 초보 변호사라면 더욱 그렇지.

그런 브로커 중에는 아주 악질적인 사람도 있어. 처음에는 평범해 보이는 사건들만 연결시켜 주고 수수료도 얼마 안 떼어 가. 그러다가 몇 차례 그런 일을 하고 나면 본색을 드러내지. 해결하기 어려울 뿐만 아니라 불법으로 보이는 사건들을 맡기는 거야. 게다가 돈도 얼마 주지 않거든. 거절하려고 하면 그때 돌변하는 거지. 같이 불법을 저지르고 이제 와서 혼자 발을 빼는 거냐고 따지는 거야. 이때까지의 일을 변호사협회에 알리겠다고 협박하기도 해. 그럼 개미지옥처럼 빠져나오기 힘든 덫에 걸린 거야. 결국엔 들통이 나서 재판을 받고 변호사 자격마저 잃기도 해. 난 어릴 때 겪은 일 때문에 겁이 많아져서 그런 유혹에 넘어가지 않았지.

기자나 변호사가 아니라 어떤 직업을 갖든 세상 곳곳에는 함정이 널려 있어. 눈 한번 살짝 감으면 쉽게 커다란 이익을 얻을 수 있는 것처럼 보이지. 때로는 꼭 탐욕 때문이 아니라 순간의 잘못된 판단으로 스스로 구렁텅이에 빠지는 경우도 있어.

이런 사건이 있었지. 어떤 사람이 음주 운전을 했는데 신호 대기 중인 차를 뒤에서 들이받은 거야. 큰 사고는 아니어서 바로 내려서 사고 처리를 했으면 그만일 정도였지. 그런데 술을 마셨다는 사실이 들통날까 봐 그대로 도망을 간 거야. 들이받힌 차 주인이 가만있겠어? 냉큼 차를 몰고 뒤쫓았지. 결국 얼마 못 가 붙잡혔는데 그 과정이 고분고분하지 않았던 거야. 이러쿵저러쿵 핑계를 대면서 실랑이를 벌였고 몸싸움까지 했네. 경찰이 출동해서 딱 보니 음주 운전이 틀림없거든. 그런데 술을 안 마셨다고 잡아뗀 거야. 어떻게 됐을까? 음주 운전에 뺑소니, 폭행, 음주 측정 거부까지 여러 죄를 저지른 거야. 음주 운전부터 잘못이긴 했지만 그래도 그거 하나 정도였으면 벌금을 내고 풀려났을 거야. 하지만 잘못 하나를 덮으려다 여러 잘못이 겹치면서 결국 구속까지 됐어.

솔직히 커닝 정도야 누구나 한 번쯤 해 보겠지. 안 그래? 그런데 그게 걸리는 바람에, 또 그걸 다른 방법으로 감추려 하는 바람에 나 역시 일을 키운 거잖아. 그래도 이젠 그때 일이 고마워. 덕분에 인생의 중요한 순간에 실수하지 않을 수 있었거든. 그런 일을 꼭 직접 겪을 필요는 없겠지? 부끄러움을 무릅쓰고 털어놓은 거니까 교훈을 얻었길 바라. 대신, 어디 가서 소문내지는 말아 줘.

나는야 근육질 변호사

초등학생 때의 일이야. 시립 도서관에서 책을 보다 잠시 머리를 식히러 나왔어. 복도에 앉아 지나다니는 사람들을 보며 멍 때리고 있었지. 계단 가운데 꺾이는 곳에 커다란 거울이 놓여 있거든. 한 번씩 그 거울에 눈길을 주는 사람들이 있더라고. 곁눈질로 가볍게 눈인사를 하거나, 멈춰 서서 한동안 머리 모양이나 옷매무새를 만지기도 하고, 뭔가 만족스러운지 씨익 웃는가 하면, 맘에 안 드는 게 있는지 영 싫다는 표정으로 마지못해 돌아서기도 하지. 제각각인 모습을 보고 있으니까 은근히 재미있더라고. 속으로 무슨 생각들을 할까 궁금하기도 하고.

요즘은 다들 셀카에 빠져 있지? 어디 특별한 곳에 간 것도 아닌데 스마트폰을 꺼내 들고 자기 모습 찍는 사람들을 자주 봐. 아무래도 한두 장으로 그치기 어렵지. 맘에 드는 사진으로 찍힐 때까지 수십, 수백 장씩 찍잖아. 기본 카메라로는 부족한지 앱도 많이들 쓰더라. 실물보다 훨씬 뽀샤시하게 만들어 주잖아. 여러 가지 특수 효과를 덧붙여 재미있는 사진으로 바꾸기도 하고 말이야. 어른들도 그런 데 끌리는 건 마찬가지야. 솔직히 몇 번 앱으로 찍어 봤는데 완전 사기더라. 하하!

그런데 말이야, 거울을 보든 셀카를 찍든 공들여 자기 모습을 보는 이유는 사실 다른 사람의 시선 때문이 아닐까? 남들 눈에 비치는 내 모습은 어떨지 신경 쓰는 거지. 사진을 페이스북이나 인스타그램 같은 SNS에 올리고, 좋아요를 얼마나 받을지 은근히 기대하잖아. 비단 외모뿐만 아니라 다른 사람이 나를 어떻게 여기는지 참 많이들 신경 쓰잖아. 남의 눈치를 보면서, 남으로부터 인정받고 싶어 하고, 남은 어떻게 사는지 엿보기도 하지. 거울 속에 있는 나를 보는 것이 아니라 남의 눈에 비친 나를 생각하고 있을 때가 많지 않을까? 프랑스 철학자 사르트르는 "타인은 지옥이다"라는 말을 하기도 했어. 남들이 날 어떻게 볼지 고민하느라 다들 괴로워하며 산다는 것이지.

그래, 맞아. 철학과 나온 거 티 한번 내고 싶었어. 그냥 해도 그만인 얘기지만 유명한 사람의 말을 슬쩍 빌려 와서 더 그럴듯하게 보이고 싶은 거지. 남들 눈에 어떻게 보일지 신경을 쓴 거야. 그런데 사실 이렇게 하는 게 나쁜 일도 아니잖아. 외모를 가꾸는 일은 일단 깨끗하게 씻는 일부터 시작이지. 그리고 잠을 푹 자야 피부가 고와지잖아. 얼굴 뿐만 아니라 몸매도 많이 따지니 운동도 열심히 해야겠지. 뭐라도 아는 척하려면 책을 읽고, 이런저런 공부도 해야 하고 말이야. 지나치지만 않는다면 다 좋은 일들이잖아.

게다가 세상일 대부분은 남과 함께하는 거야. 남의 눈에 들어야 하는 게 필수지. 이성의 마음에 드는 일도, 일자리를 얻거나 선거에 출마해 권력을 잡는 일도 모두 다른 사람의 눈에 좋게 비쳐야 가능하니까. 남을 신경 쓰는 건 필요한 일이고 당연한 일이야.

그런데도 왜 사람들은 타인은 지옥이라는 말에 고개를

*끄떡*일까? 여러 이야기를 해 볼 수 있겠지만 시대가 가장 큰 몫을 하고 있다고 생각해. 기술의 발전 덕분에 남들과 비교하는 게 너무 쉬워진 세상이라는 거야. 전에는 거울 앞에 서야 비로소 자기 모습을 볼 수 있었어. 어쩌다 가까운 친구들과 같이 큰 거울 앞에 서지 않는 한 나를 남들과 비교해 볼 일이 거의 없었지. 학교 졸업 앨범을 넘겨 보며 누구는 이렇고 또 누구는 저러네 하는 정도였지. 비교하려 해도 비교할 대상도 별로 없었고 말이야. 더구나 비교 대상에 나를 포함시킬 일은 더욱 없었어.

지금은 다들 스마트폰이 있으니 저마다 카메라 한 대씩은 들고 다니는 셈이잖아. SNS를 하면 최소한 프로필 하나는 그럴듯하게 찍어야지. 인싸가 되려고 마음먹기라도 하면 매일매일 보통 공을 들여야 하는 게 아니잖아. 그렇게 저마다 가장 좋아 보이는 모습만 올리면서 끊임없이 서로를 비교하고 있지. 외모만 그런 게 아니야. 음식도 카메라가 먼저 먹어야 한다면서? 멋지고 좋은 것들을 누리고 있는 것처럼 보여 주는 거지. 그래서 잘나고 똑똑한 사람이 너무 많아 보여. 나만 빼고 다들 행복한 시간을 보내고 있는 것처럼 여겨지는 거지.

하지만 보이는 게 얼마나 꾸며진 거짓인지 알 수 있는 얘기들도 많잖아. 예쁘기로 소문났던 인터넷 스타가 알고 보니 뛰어난 화장술 덕분이었다거나, 혼자 외롭게 밥 먹으면서 음식 사진만 그럴듯하게 찍는 사람이 많다는 얘기도 있지. 보여 주기 위한 걸로 따지면 방송만 한 게 없겠지? SNS에 사진 올리는 정도야 방송과 비교하면 아마추어지.

일 때문에 방송국에도 자주 다니는데 이젠 적응이 돼서 그렇지 처음엔 어이가 없어서 웃는 일이 참 많았어. 남녀 할 것 없이 화장 전후의 모습이 너무 달라서 못 알아보는 경우가 흔했거든. 무엇보다 카메라가 비추는 곳만 그럴듯하게 하는 경우가 많아. 이를테면 엄숙한 얼굴로 정장을 갖춰 입고 뉴스를 진행하는 아나운서가 있어. 그런데 아래는 청바지에 슬리퍼를 신은 거지. 테이블 밑으로는 화면에 나오지 않으니까. 또 빈틈없이 번듯하게 차려입은 것처럼 보이는데 뒤를 보면 온통 빨래집게 같은 걸로 몸에 딱 맞춰 선을 잡아 둔 경우도 있어. 실제로는 그렇게 착 붙게 입으면 밥도 한 끼 편하게 못 먹을 거야. 잠깐 앞모습만 찍으니까 그럴 수 있는 거지. 화면만 보고는 절대로 알 수 없는 모습들, 그게 진짜 현실이거든.

방송에 속는 건 그러려니 하겠지만 요즘엔 일상생활에서도 그런 속임수들이 너무 많지. 그런 것들이 주변 사람들을 제대로 볼 수 없게 하고 현실의 나를 초라하게 만들기도 하거든. 어떻게 빠져나와야 할까? 생각해 보면 늘 다른 사람의 눈에 비치는 나만 있는 건 아니야. 남들은 모르는 다양한 내가 있어. 만나는 사람에 따라 조금씩 다른 모습이기도 하잖아. 집이나 학교에서 항상 똑같지는 않을 거아냐. 와닿지가 않아? 그럼 화장실에 혼자 있을 때와 좋아하는 누군가와 있을 때는 어때? 정도의 차이는 있을지언정 분명 다르지. 남들이 그 모든 모습을 어떻게 다 알 수 있겠어?

남들을 볼 때도 마찬가지야. 서로가 서로의 모든 모습을 알기는 어려워. 어른이 되고 생활의 범위가 넓어질수록 점점 더 그럴 거야. 마치 같은 배우더라도 영화나 드라마에서 맡은 배역에 따라 다른 역할을 하는 것처럼 말이지. 누구도 나의 모든 모습을 알 수 없고, 함부로 평가할 수도 없는 거야. 누군가가 나를 무시하거나 가볍게 여긴다면 그건 그 사람의 잘못이고 손해이지. 열심히 살아가는 건 필수지만 남이 그걸 몰라 준다고 실망하면서 지옥에 빠질 필요는 없다는 거지. 다른 사람들을 볼 때는 입장을 바꿔서 당장 눈앞의 모습에만 얽매이지 않고 말이야.

참고로 한 가지 개인적인 요령이 있기는 해. 남에게 피해 주지 않는 선에서 일종의 근거 없는 자신감을 가지는 거지. 외모와 관련된 것이든, 공부처럼 실력에 관련된 것이든 상관없어. 이를테면 난 근육질이란 말을 자주 하곤 해. 설명도 듣기 전에 웃진 말고. 어렸을 때 많이 아팠다고 했잖아. 타고난 체력도 그다지 좋은 편이 아니야. 그걸 극복하기 위해 보통 이상으로 운동을 하기는 했지. 그렇다고 솔직히 울퉁불퉁한 근육에, 모델 같은 몸매는 절대 아니야. 하지만 근육질이라고 자기암시를 하다 보면 조금 더 건강해진 것 같고 운동도 꾸준히 하게 되더라고. 남들이 보는 내 모습에 괜한 자신감도 생기고 말이지. 물론 누군가는 나더러 사기라면서 고소하겠다고 하더라. 하하!

4장

-------------- 다가오는 세상은 너희들 것 ----------

아직은 모든 게 미완성

초등학교 4학년쯤이었던가? 할아버지가 법전을 사 주셨어. 책 읽는 걸 좋아하니까 기왕이면 그걸 읽으라고 하시면서 말이야. 어린 마음에 꽤 당황스러웠어. 한문만 가득 적혀 있는 두꺼운 사전 같은 책을 주면서 읽으라고 하셨으니 말이야. 젊은 시절 한학을 가르치기도 하셨던 할아버지 눈에는 보통 책이었겠지. 하지만 초등학생인 내게는 그냥 검은 건 글자이고 하얀 건 종이였어.

지금도 궁금하긴 해. 정말로 법전을 읽을 수 있을 거라 생각하셨던 건지 말이야. 첫 손자다 보니 어쩌면 마냥 똑똑하게만 여겼을 수 있잖아. 요즘도 어른들이 많이들 바라는 직업이지만 그 시절엔 판검사를 최고로 여겼거든. 일찌 감치 법전을 읽기 시작하면 법조인이 되는 데 도움이 되리라고 생각하셨을 것 같아.

아쉽게도 할아버지는 내가 사법시험에 합격하는 걸 보기 전에 세상을 떠나셨어. 늦게나마 법조인이 됐으니 할아버지의 소망을 이뤄 드린 것일까? 그럴 거였으면 진작 할아버지 말씀을 들었어야 했을까? 조금 죄송스럽지만 아니라고 봐. 판검사가 되어서 높은 자리에 앉고 싶은 마음에 사법시험을 보지는 않았으니까. 오히려 할아버지의 독려가 살짝 부정적으로 작용하지 않았나 싶어. 어린 시절엔 반항심이 충만하기 마련이잖아. 어른들이 자꾸 바라니까 희망 직업을 생각할 때 일부러 그쪽은 쳐다보지도 않았던 것 같아.

요즘엔 어른들이 바라는 게 오히려 더 심해진 것 같아. 명문대 의대를 가기 위해 치열한 경쟁을 벌이는 학부모와 학생들을 소재로 삼은 드라마가 화제를 모으기도 했잖아. 솔직히 그 드라마 눈 뜨고 못 보겠더라. 조금 과하게 표현하자면 무서워서 말이야. 공부 열심히 해서 좋은 대학 가는 내용인 줄로만 알았는데 공포물도 그런 공포물이 없더라니까. 등장인물들이 말 그대로 목숨이 걸린 일인 듯 싸우잖아. 아이들이 어떤 일에 재능과 소질이 있는지는 아예 관심도 없고 말이야. 마치 대학이 인생에 하나뿐인 목표라도 되는 것처럼 모든 걸 거기에 맞추잖아. 공부만 열심히 해서 되는 것도 아니더라고. 학생부 종합 전형으로 합격하기 위해 적성이나 활동까지 목표한 대학에 꼭 맞추는 모습이 소름 끼쳤어.

그리스신화에 나오는 프로크루스테스라는 악당의 이름을 들어 봤을 거야. 사람을 잡아다가 침대에 눕히고서 침대보다 크면 머리나 다리를 자르고, 작으면 몸을 잡아 늘여 죽였다는 악당이지. 억지로 진로를 맞추는 일이 악당과 뭐가 다르지 싶더라니까. 그리고 보면 법전 한 권 주고 막연하게 바랐던 할아버지는 참 순수하셨던 거지. 솔직히 한 페이지도 읽지 않았거든.

물론 어른들이 프로크루스테스라는 말은 절대 아니야. 많이 듣던 말이겠지만 어른들도 다 잘되기를 바라는 마음인 거야, 진짜로. 현실이 어른들을 부추기는 거지. 좋은 대학, 좋은 학과를 나오면 아무래도 남들보다 편안한 삶을 살게 될 가능성이 높으니까. 다만 꼭 그렇지만은 않아. 무엇보다 세상이 많이 달라지고 있거든.

단적으로 할아버지가 법전을 건네셨던 시절엔 판검사를 영감님이라고 불렀어. 영감은 조선 시대에 정3품 이상의 높은 벼슬아치를 가리키던 말이었거든. 서른 살도 안 된 젊은 사람을 사법시험에 합격했다는 이유만으로 영감님이라 부른 거야. 근데 이건 그야말로 옛날이야기가 된 지 오래야. 변호사 자격을 가진 사람이 넘쳐 나면서 지금은 조금 좋은 자격증 정도로 대우받고 있거든. 물론 하기에 따라서는 여전히 경제적이나 사회적으로 높은 수준의 삶을 살 수도 있지. 달라진 점이라면 시험에 합격만 한다고 끝이 아니라는 거야. 다른 전문직인 의사도 마찬가지라 하더라고.

전문직뿐만이 아니라 사회 전체가 그런 상황이야. 좋은 대학에 가고, 좋은 직장을 얻는 것만으로 끝이 아닌 세상이지. 안정된 직장은 점점 줄어들고 어제의 전문직이 오늘은 평범한 일반직으로 바뀌기도 해. 인공지능 때문에 어떤 직업들은 없어질 수도 있다는 뉴스를 본 적이 있을 거야. 먼 나라 이야기가 아니야. 너희들이 자주 다니는 편의점도 점점 무인 매장으로 변하게 될 거야. 아르바이트 자리조차 없어지고 있는 셈이지. 세상이 빠르게 달라지는 만큼 어른들은 불안해질 수밖에 없어. 언제 일자리를 잃을지 모르는 상황인 거야. 사실 이런 이유 때문에 너희들에게 바라는 것도 많아지고 심해지는 거겠지.

여기에 아이러니가 있어. 어른들 역시 미래가 어떤 모습일지 모르는 거잖아. 불안하니까 더 열심히 하라고 하는데 뭘 해야 할지는 어른들도 모르는 거야. 막연하게 변호사, 의사 같은 전문직이나 공무원처럼 안정된 직업을 추천하지. 미래가 불안하다는 이유로 오히려 과거에 집착하는 거야. 고민하고 방황할 시간에 남들보다 조금이라도 더 공부를 하라는 거지.

그런데 시키는 대로, 정해진 일정대로 따라다녔는데 막상 그 일이 없어지면 어떻게 해야 할까? 혹은 일이 남아 있더라도 공부만으로 해결할 수 없는 다른 능력들을 요구한다면? 고민해 본 적이 없으니 직접 답을 찾을 엄두도 내기 어렵겠지. 그때 가서 부모님이나 학원 선생님에게 물어 봐도 답을 찾을 수 없을 거야. 물론 어른들 말을 따르지 말라는 뜻은 아니야. 무조건 따르기만 하지 말고 조금이라도 고민해 보고, 내가 진짜 원하는 것이 무엇인지 찾아보는 노력을 해 보라는 거야. 왜 이런 공부를, 준비를 하는 건지 생각하면서 하라는 거지.

그런데 요즘 친구들은 하고 싶은 게 없어서 문제라는 얘기도 많이들 하더라. 어른들이 알아서 정해 주기 때문일까? 아니면 공부를 잘하거나 특별한 재능이 있는 몇몇 친구들을 빼면 소외당하는 기분이 들어서 그럴까? 여러 이유가 있겠지만 지금은 누구나 완성되지 않은 시기라는 것을 꼭 말해 주고 싶어. 초중고 시절, 더 늦게는 대학생이 된 이후에도 스스로 어떤 일에 적합한 사람인지 모르는 경우가 많아. 특별히 모자란 게 아니라 여전히 성장하고 있으니까 그런 거야. 어쩌면 오히려 잘 모르는 게 일반적이지.

몸과 생각이 자랄 때 겪는 일이 많으면 자꾸만 변하게 되거든. 무엇을 하며 어떻게 살아야 할지 생각이 자주 바뀌는 게 정상이야. 물론 생각이 너무 많아서 주변 친구들보다 뒤떨어질까 봐 걱정일 수도 있을 거야. 괜찮아, 걱정은 덜어 둬. 수명이 늘면서 100세 시대라는 말을 흔하게 쓰잖아. 고작 10분의 1 정도 살았는데 나머지 긴 시간을 조금 늦게 정했다고 문제될 일은 없어.

나도 할아버지의 기대와 달리 마흔이 넘어서야 변호사가 됐어. 법조계의 일반적인 코스를 따른 건 아니지. 이십 대 중후반에 사법시험을 통과하고 판검사로 사회생활을 시작한 다음, 더 높은 자리로 출세하거나 아니면 공직 출신이라는 간판으로 변호사가 되는 것. 혹은 처음부터 대형 로펌에서 시작해 돈을 아주 많이 버는 변호사 되는 것. 보통 이런 과정이거든. 그런데 법조계에 뒤늦게 들어왔더니 어느 쪽도 생각할 수 없었어. 살짝 막막하기도 하더라. 속된 말로 잘나가는 게 부럽기도 했어. 밥은 먹고 살 수 있으려나 하는 걱정까지 들었지.

그래서 그런 친구들과 다른 점이 뭘까 생각해 봤어. 기자로 생활한 덕에 다른 사람이 겪은 일을 듣고 정리하는 것에 익숙했지. 또 이런저런 다양한 분야의 일에 대해 알아본 경험도 있지. 이뿐만이 아니야. 일찍 공부를 시작한 친구들은 아무래도 딱딱한 법률 용어가 몸에 배어 있는데 난 그러진 않았어. 법조인이 아닌 사람들과 대화를 나눌 때는 어려운 말 대신 일상적인 말로 풀어서 이야기할 수 있었지. 나이를 먹으면서 조금은 겸손할 줄도 알았고. 그렇게 따져 보니까 다른 사람의 고민을 해결해 주는 변호사 일에 제법 잘 들어맞는 조건을 갖췄더라고. 사법연수원을 마치고 일을 시작해 보니 실제로도 그랬어.

게다가 전혀 뜻밖의 일도 기다리고 있었어. 변호사가 될 무렵 텔레비전에 종합 편성 채널이 만들어졌거든. 주로 언론사에서 만드는 방송인데 다른 채널보다 뉴스를 많이 다루는 특징이 있어. 그러다 보니 각종 사건, 사고에 대해 법적으로 해설해 주는 역할이 필요했던 거야. 일상생활에서 겪을 수 있는 법률문제를 알려 줄 사람도 필요했고. 그때 기자 출신이라는 인연이 그런 방송들로 이어졌어. 그러다가 각종 시사 프로그램에도 자주 출연하게 됐지. 어느 순간부터 법률 공부를 할 때 어려워했던 문제들을 시청자 상대로 설명하고 있더라고. 정통 코스를 밟은 법조인이 아니어서 쉬운 말을 쓰는 게 거꾸로 가장 큰 장점으로 작용했어. 그런 일을 하게 되리라고는 전혀 예상할 수 없었는데 말이지.

일부러 맞춘 건 아닌데 이런저런 일을 겪으면서 성장한 내 모습이 어딘가에 필요하게 됐던 거야. 변화하는 시대에 따라 새롭게 만들어진 일에 맞춰서 말이야. 너희들이 겪을 미래에는 그런 일들이 더 많지 않을까 싶어. 그러니까 너무 조급해하지 마. 난 스스로 아직 미완성이라고 믿고 있어. 달라질 미래에 맞춰 더 자랄 생각을 하며 여전히 어딘가 있을 또 다른 모습을 찾고 있지. 새로운 모습을 계속 찾아 나서는 게 더 재미있는 인생 아닐까?

헤매면서 배웠어

난 촌놈이야. 유년기를 서울에서 보내긴 했지만 초중고 12년을 지방에서 지낸 터라 지방에서 자란 흔적을 지울 수가 없지. 불과 얼마 전까지도 6학년을 유각년이라고 발음했거든. 혹시 엄마, 아빠가 이렇게 말씀하신다면 대충 어느 지역 출신인지 알 수 있을 거야. 인구가 서울의 어지간한 구보다도 적은 소도시지. 깨끗하고 평화로운 곳이라 예전엔 교육의 도시로 불렸는데 최근 들어 정원의 도시로 알려지고 있어. 번화가라고 부를 만한 지역이 있기는 한데 걸어서 30분이면 한 바퀴를 돌고도 남아.

살기 좋은 곳이지만 어렸을 때는 그게 답답하더라. 그

래서인지 늘 새로운 것에 대한 목마름이 있었어. 책도 새로운 세상을 배경으로 한 모험담에 끌렸고 영화도 SF 같은 장르를 좋아했지. 한동안 해외 뮤직비디오에 빠지기도 했는데 막연하게 해외여행에 대한 동경심이 들기도 했어. 그 시절에는 우리나라 가수들은 뮤직비디오를 찍지 않았거든.

학생이라 당장 어디로 떠날 수는 없었지. 고작해야 가끔 주말에 시외버스 터미널로 가서 이웃 도시로 가는 버스에 오르기는 했지만 말이야. 딱히 무슨 목표가 있었던 건 아니야. 낯선 거리를 무작정 걸으며 마주치는 풍경이 좋았어. 그러다 저녁 무렵에 집으로 돌아왔던 거야. 아, 물론 집에는 학교에서 공부하고 오겠다며 거짓말을 했지. 비밀이야!

그러다 서울에 있는 대학에 들어갔으니 얼마나 신이 났겠어. 고삐 풀린 망아지처럼 쏘다녔지. 학교 주변을 시작으로 서울 곳곳을 누비고 다녔어. 일단 버스, 지하철을 타고 움직인다는 것 자체가 좋았거든. 여전히 학생이었으니 무슨 돈이 있기야 했겠어. 맛집을 찾아다니거나 쇼핑을 하는 건 꿈도 꾸지 않았지. 그냥 신촌, 종로, 강남처럼 사람들이 붐비는 곳이나 다른 대학가 주변처럼 또래들이 많이 다니는 곳을 무작정 훑고 다닌 거야. 거리는 어떤 모습인지, 사람들은 무얼 먹고 마시며 어떻게 어울려 다니는지 골목골목 들여다봤어. 친구들을 만나 함께하기도 했고 때론 혼자이기도 했지.

혹시 오해할까 봐 미리 덧붙이는데, 여기저기 새로운 것들에 관심을 갖는 성격이 꼭 돌아다니는 데만 나타난 건 아니야. 대학에서 다루는 과목이나 관심 있는 분야의 책에 대해서도 마찬가지였어. 이것저것 다 챙기다 보니 24시간이 모자랐던 날들이 많았구나.

다니는 걸 좋아한 것치고는 길눈이 무지 어두워서 걸핏하면 길을 잃었지. 어떤 사람들은 한번 가 본 곳은 절대 잊지 않는다는데 나로선 그저 신기할 따름이야. 늘 새로운 걸 찾아내는 시선 때문인지 같은 장소를 열 번이나 가도 매번 헤맸거든. 차가 끊기거나 돈이 떨어져서 서너 시간씩 걸어간 적도 많아. 그래도 걸음을 멈출 수 없더라고.

대학교 1학년 때 일본으로 배낭여행을 떠났던 걸 시작

으로 다니는 범위가 해외로 넓어졌지. 신문사에 들어간 이후에도 유난히 해외 출장을 갈 기회가 많았어. 한 달 넘게 유럽 각국을 다니기도 했고, 보통 사람이라면 여행지로는 절대 선택하지 않을 아프리카 국가에 가기도 했지. 여행이든 출장이든 어디를 갈지는 늘 기준이 같았어. 보고, 듣고, 느낄 새로운 것들이 있는지부터 생각했지. 유명한 관광지인지 아닌지는 관심도 없었어. 여러 나라의 국경을 넘나들며 받은 통행증과 도장이 쾅쾅 찍힌 오래된 여권은 지금도 소중하게 간직하고 있지.

넓은 세상으로 나갈수록 헤매는 일도 많아지고 경우도 다양해지더구나. 길을 잃는 건 당연한 일로 여겨질 정도였지. 첫 여행 이후 대여섯 번이나 찾아간 일본에선 한국인이라는 이유로 홀대를 받았고, 미국에서는 수시로 인종차별을 느꼈지. 뉴욕 번화가 한복판에서 노상강도를 당하기도 했고, 런던에서는 관광객을 상대로 한 어마어마한 바가지에 당하기도 했지. 뭐라도 한마디 따지려 했는데, 어느새 팔뚝이 진짜 내 허벅지보다 두꺼운 아저씨들에게 둘러싸여 있더라고. 지금보다는 덜 개방됐던 시절의 중국, 내

전이 이어지던 아프리카에서는 진짜 생명에 위협을 느끼는 순간들도 꽤 있었어. 말도 안 통하는데 총까지 꺼내 들면 머릿속이 하얘지지 않을 사람이 있을까?

그런데 그런 다양한 헤맴이 모이니까 살면서 부딪히는 문제들을 풀 수 있는 힘이 생기더라고. 여행의 목적지처럼 우리는 살아가면서 이런저런 도달해야 할 목표들을 세우잖아. 진학이든 취업이든 말이야. 한번에 쉽게 이룰 수도 있지만 장애물이 앞을 막기도 하지. 선택해야 할 갈림길이 연달아 나타나기도 하고 말이야. 그럴 때 헤맸던 경험과 느낌이 가이드로 변해. 내가 진짜 원하는 방향이 어딘지 알려 주거든. 쉽게 길을 찾지 못해 다양한 각도에서 다른 눈으로 바라봐야 했던 기억이 막다른 골목이나 웅덩이에서 빠져나갈 수 있는 힘으로 바뀌지.

물론 같은 상황이 반복되는 일은 거의 없어. 하지만 어려운 상황을 어떻게 받아들여야 하는지, 받아들인 후 어떻게 생각하고 행동해야 하는지를 알기에 방향을 잡아 줘. 인간은 한번 경험하고 느낀 걸 응용할 수 있는 능력이 있거든.

무엇보다도 그런 다양한 경험들이 삶을 훨씬 풍요롭게 만들어 주더라고. A에서 B로, 일직선으로만 가는 것보다 골목에 어떤 것이 숨어 있는지 알아보며 가는 거지. 다양한 길에서 자신만의 길을 찾는 즐거움을 발견하는 거지. 길이 꼭 한쪽으로만 뚫려 있지는 않거든.

혹시 실내 암벽등반 해 봤어? 출발하는 곳에서 목표 지점까지 수십 개의 홀드가 어지럽게 놓여 있잖아. 홀드란 손으로 붙잡거나 발을 디딜 수 있는 것들이야. 처음엔 어디를 어떻게 잡고 올라야 할지 막막하기만 하지. 그런데 몇 번을 오르다 떨어지는 걸 반복하다 보면 신기하게도 길이 보이기 시작해. 팔다리의 길이나 몸무게에 따라 사람마다 다른 길들이 보여. 같은 길을 가더라도 손이 먼저일지, 발이 먼저일지에 따라 다른 방법으로 갈 수도 있어. 처음엔 아주 쉬운 코스도 버겁지만 익숙해지면 남들이 보기엔 스파이더맨이라도 되는 것처럼 벽을 자유롭게 오갈 수 있지.

꼭 여행이 아니더라도 인생에서 경험을 쌓는 일들이 딱 그래. 사법시험을 준비할 때 처음엔 한 과목, 한 권의 책을 보는 데만 한 달씩 걸리곤 했거든. 한 달 만에 겨우 책을 다 읽었는데 책장을 덮으면 머릿속엔 아무것도 남지 않은 듯했어. 어느 부분이 중요하고 어떤 것을 외워야 하는지도 모르겠고 말이야. 그런데 두 번, 세 번 반복하다 보면 책이 길을 열어 주더라고. 시험을 치기 전날엔 그 두꺼운 책들을 처음부터 끝까지 죄다 한 번씩은 볼 수 있게 돼. 그러면 준비가 된 거야. 책에 있는 그대로 문제가 나오진 않지만 풀어낼 수 있는 원리를 깨달았기 때문이지. 머릿속에 만들어진 여러 갈래의 길이 씨줄과 날줄처럼 얽혀 그물을 만들기 때문에 어떤 고기라도 잡을 수 있는 거야. 헤매다 길을 찾았을 때의 즐거움, 비슷한 길들에서 나만의 길을 닦는 풍요로움을 함께 느낄 수 있지.

새로운 것을 만나고 겪으며 살아가는 게 인생이지 않을까? 인생 그 자체를 여행이라고도 하잖아. 그런데 요즘 친구들이 여행을, 그러니까 인생을 준비하는 모습을 보면 조금 걱정이 들어. 우선 궁금한 일이 별로 없어 보여. 밖으로 나가지 않아도, 낯선 곳으로 떠나지 않아도 손안에서 세상 모든 것을 볼 수 있잖아. 사실은 그게 전부가 아닌데 착각하기가 쉬워. 낯선 공기 안에서 숨 쉬는 것과 방 안에 누워 화면으로 보는 세상은 절대로 같을 수 없어.

기술이 발전하면서 가상 경험은 더욱 진짜 같아 보일 수 있겠지. 하지만 그 공간에 가기까지의 헤맴이 없으면 자신의 경험으로 몸에 새기기란 쉽지 않아. 물론 예전보다 많은 것을 쉽게 알 수 있다는 장점도 있어. 때로는 너무 일찍 알아서 살짝 걱정스러울 정도로 말이야. 하지만 그런 지식들은 일방적이야. 직접 찾아서 알아낸 것들이 아니라서 증발하기 쉬워.

더욱 걱정스러운 것은 정해져 있는 게 너무 많아 보여. 학교나 학원에서는 잘 닦아 둔 것처럼 보이는 길을 걸으라고 하지. 정해진 일정에 따라 이 과목 저 과목을 들으러 다니고 말이야. 그렇게 해서 성적만 좋으면 모든 게 잘될 거라는 막연한 기대를 심어 주잖아. 물론 해야 할 공부와 준비해야 할 것들이 많은 만큼 가이드의 도움이 필요할 수는 있어. 하지만 무조건 따라다니기만 하면 혼자 길을 나서는 법을 모를 수 있어.

수학여행 같은 단체 여행을 가 본 적이 있을 거야. 어떤 게 기억에 남아? 친구들과 놀았던 기억 말고 여행을 준비했던 기억은 나지 않을 거야. 같은 장소에 혼자 가려고 해도 쉽지 않을걸? 하물며 전혀 엉뚱한 곳을 다니라고 하면 어떻게 될까?

낯선 길을 향해 발을 뗄 수 있는 용기도 필요해. 선생님, 부모님 말씀을 따르더라도 한 번쯤 일부러라도 다른 길은 없는지 기웃거려 봐. 언젠가는 어른들 없이 살아가야 하잖아. 문을 열고 나가면 눈부신 세상이 기다리고 있을지 모르는데 방에 갇혀 누군가가 꺼내 주기만을 기다리면 안 되겠지. 물론 떨리지. 겁도 나고 말이야. 하지만 어차피 떨게된다면 기대감에서 오는 흥분으로 떠는 게 좋지 않겠어?

남의 시선에 눈 감는 것도 필요해

"아유, 저 빤질빤질한 자식!"

고등학교에 들어간 지 얼마 안 됐을 때였어. 학교 근처 미용실에서 선생님 한 분과 마주쳤거든. 날 보자마자 저런 말을 내뱉는 거야. 밑도 끝도 없이 말이야. 지금도 그분이 왜 그러셨는지 이유를 모르겠어. 사실은 그분이 누구였는 지도 몰랐어. 학교 선생님 중 한 분이었던 건 확실한데, 담임선생님도 아니고 1학년 과목을 담당하시는 분도 아니었 거든.

많이 억울했지. 영문도 모르고 말이야. 수업도 같이 안 해 보신 분이 왜 그러는지 의아할 수밖에 없었지. 그 말투

만은 또렷이 기억해. 분명히 내 어딘가가 단단히 마음에 안 들었던 거야. 하지만 이젠 상관없어. 특별한 이유가 없어도 누군가를 그저 막연히 싫어할 수 있다는 걸 알거든. 나름의 이유는 있더라도 별다른 근거가 없을 수 있다는 걸 이해하게 됐어.

하지만 그때는 충격이었지. 누군가 나를 미워하거나 싫어할 수 있다는 사실을 몰랐거든. 물론 친구나 가족과 싸우며 서로 감정이 상하는 일은 당연히 있었지. 그런 게 아니라 존재 자체를 있는 그대로 부정당하는 건 처음이었어. 엄친아라고 부를 만큼 눈에 띄는 학생은 아니었지만 적당히 괜찮은 성적을 유지했고, 주변 사람에게 딱히 모나게 대하는 편도 아니었거든. 아니 사실은 주위의 시선을 엄청 신경 쓰던 시절이었지. 교복이나마 핏을 잘 살려 입으려 했고, 여드름이 심했던 피부를 컨실러로 가리기도 했어. 대표적인 예로 외모를 들었을 뿐이지 말과 행동도 나름 모양새를 갖추려 했지. 어쩌면 그게 너무 지나쳐서 빤질빤질해 보였을까? 아무튼 지금은 괜찮아.

너희도 그런 시기를 지나고 있지 않을까 싶네. 어른들이 보기엔 과하다 싶을 만큼 복장이나 머리, 화장에 몰두하기도 하잖아. 인싸에 들 정도는 아니더라도 무관심하기는 어려울 거야. 세상과 어우러지기 위한 시작이니까. 사회에 들어설 준비를 갖추는 과정이기도 하지. 인간은 절대로 혼자 살 수 없거든. 인간이라는 말 자체가 한문으로 사람과 사람 사이라는 뜻이지. 함께 어울려 살아가야 하니 남들에게 좋은 모습으로 보이고 싶은 건 본능인 셈이야. 한편으로 남의 눈에 보이는 나를 신경 쓴다는 건 독립된 한 사람으로 살아갈 준비를 하는 때라는 뜻이기도 해. 모순된 두 충동이 강렬한 때지. 그래서 자기만의 것과 개성을 좇는다고 하면서도 여지없이 유행을 따르는 게 아닐까 싶어.

아니라고 말하고 싶지? 알아, 하지만 학생들이 화장한 모습은 어른들 눈에는 구별조차 힘들 만큼 똑같거든. 물론 일반적인 스타일과는 다른 친구도 있기는 하지. 그런데 그 다르다는 친구들끼리는 또 비슷하기 마련이야. 어울리는 집단이 다를 뿐이지 자신만의 독특한 개성을 추구하면서도 다른 사람들과 함께했으면 하는 거야. 혼자는 못 사는 게 사람이라고 했잖아.

양쪽 극단이 모두에 있기 때문에 종종 내가 원하는 쪽인가, 남들이 원하는 쪽인가를 선택해야 할 때가 있을 거야. 상황에 따라 다르겠지만 중심이 스스로에게 있었으면 싶어. 여러 이유가 있지만 무엇보다 남들은 생각보다 나에 대해 신경을 쓰지 않거든. 혹시 군인 아저씨들이 휴가 나올 때 어떻게 하는지 들은 적 있니? 오랜만에 바깥바람을 쐬느라 잔뜩 부푼 마음으로 준비를 하거든. 군복을 정성 들여 다림질하고, 훈련 성적이 좋아야 받을 수 있는 마크도 주렁주렁 달고 말이야. 혹시 진급이라도 했으면 계급장에 광이라도 내려 하지.

그런데 막상 바깥에 나오면 사람들이 그걸 알아봐 줄까? 그냥 군복 입은 아저씨일 뿐이잖아. 군복이 멋지지 않다는 뜻이 아니야. 공을 아무리 들여도 보통 사람들 눈에는 좀처럼 차이가 나지 않는다는 거지. 연애하는 친구들에게 이런 얘기도 들어 봤을 거야. 여자 친구가 머리를 바꿨거나 새로 산 옷을 입었는데 몰라봐서 싸웠다는 식의 얘기들 말이야. 좋아하는 사람들끼리도 그런데 생판 남들이야 오죽하겠어. 그냥 잘 몰라.

그리고 그게 꼭 나쁜 일만도 아니야. 잘나 보이고 싶은 마음이 강하다 보면 아무리 거울을 봐도 어딘가 부족해 보일 때가 있을 거야. 옷매무새를 몇 번이나 만져도 만족하기 힘들지. 그런데 그럴 때도 다른 사람들, 친구는 물론이고 엄마, 아빠조차 뭐가 문제인지 몰라보지 않던? 그냥 믿고 넘어가면 돼.

외모만의 문제가 아니야. 살다 보면 이런저런 실수를 하기 마련이잖아. 얼굴이 빨개질 만한 일이 생겼다고 상상해 봐. 아주 단순한 예로 길을 건너다 발을 헛디뎌 넘어졌다고 치자. 주위 사람들이 꼭 나만 바라보고 있는 것 같아서 고개를 들기가 힘들지. 그런데 정작 사람들은 각자 자기 길 가기 바빠. 바로 옆에 있던 몇몇 정도야 다치지 않았나 싶어 잠깐 쳐다보기는 하겠지. 대부분은 그냥 그러려니 하거든.

이런 사소한 일이 아니라 정말 중요하게 느껴지는 일도 마찬가지야. 혹시 이런 기억 있지 않아? 떠올리기만 해도 싫은 순간, 몇 년이 지나도 잊히지 않는 창피한 모습이 말이야. 그런데 정작 그때 일을 기억하는 주변 사람들은 거의 없을 거야. 괜히 나만 얼굴 붉히며 예전 일에서 벗어나지 못하는 거지. 그러니까 홀홀 털어 버려도 상관없어.

사람들이 얼마나 자기 일에만 몰두하는가 하면 말이지 혹시 '칵테일파티 효과'라는 말 들어 봤을지 모르겠다. 파티처럼 많은 사람이 모여 웅성거리는 장소가 있잖아. 저마다 목청을 높이느라 시끄럽기 짝이 없는 곳 말이야. 그런데 그런 곳에서도 누군가가 내 이름을 부르면 금방 그쪽으로 고개가 돌아가는 일을 겪어 봤을 거야. 쉬는 시간에 친구들이 왁자지껄 떠들고 있어도 누군가가 나에 관한 얘기를 하면 귀신같이 귀가 쫑긋해지는 그런 경험 말이야. 자신에 관한 일에는 그만큼 집중하게 된다는 거야. 그럼 반대로 다른 사람들 일에 대해서는 어떻겠니? 시끄러운 소음처럼 그저 스쳐 지나가는 일로 머물 가능성이 높아. 그만큼 내 일과 남의 일의 차이는 커. 그러니까 매사에 남들이 나를 어떻게 바라볼지 신경 쓸 이유는 없어. 혹시라도 그런 기억들이 있다면 홀홀 털어 내도 상관없어.

사람들 사이에 일어나는 많은 갈등도 이런 자기중심적인 성향 때문이기도 해. 법정에서 소송을 벌이는 일들이 딱 그래. 친구들끼리 돈을 모아서 멋진 카페를 하나 열기로 한 거야. 이럴 때 장사가 잘되든 못되든 탈이 나는 경우가 참 많아. 어떤 친구는 돈을 똑같이 투자했으니 수익도 똑같이 나눠야 한다고 생각하고, 다른 친구는 따로 직장이 없는 대신 카페에 관심을 더 기울였으니까 자신이 훨씬 더 가져가야 한다고 여겨. 또 다른 친구는 함께 장사를 하기로 한 게 아니라 그냥 돈을 꾼 거라고 생각할 수도 있어. 장사가 잘되면 넉넉히 이자를 쳐서 갚고 다른 친구들에게 가게에 대한 권리는 없다는 식으로 말이야. 한마음 한뜻인 줄 알았는데 각자의 생각으로 일을 벌였다가 나중에 걷잡을 수 없는 싸움으로 이어지는 거야.

그래서 변호사들은 아무리 가까운 사이라도 계약서를 쓰라고 말하지. 하지만 그래도 마찬가지야. 같은 말을 두고도 해석이 다를 때가 얼마나 많은데. 어떤 이유로든 싸우면서 이런 말들을 많이 하지. 사람이 변했다거나 속았다고 말이야. 사실 대부분 변한 건 전혀 없어. 일부러 속이는 경우도 별로 없고. 그 사람은 원래부터 그랬는데 몰랐던 거지. 이런 사람일 것이라고 지레짐작하고서 자기 생각과 다르니까 변했다는 거야.

그러니까 남이 나를 어떻게 바라볼지 너무 애쓰지는 마. 자기만 아는 사람이 되라는 뜻은 아니야. 남들 눈에 들기 위해서가 아니라 스스로를 위해 투자하고 만족하면 그걸로 충분하다는 거야. 나 말고 주변 사람들에게 조금 더 관심을 기울이면 오히려 내가 치켜세워지기도 할 거야. 또 무엇보다 중요한 것은 다른 사람들 모두가 나를 좋게 봐주리라는 기대도 버려. 하다못해 잘나가는 연예인조차 좋아하는 사람도 있고 싫어하는 사람도 있잖아.

딱히 이유 없이 빤질빤질하다며 인상을 찌푸리는 사람도 있기 마련이야. 사실 그래서 천만다행이야. 외모가 됐든, 공부나 일이 됐든 딱 정해진 기준이 있다고 생각해 봐. 사람들이 얼마나 천편일률적이겠냐? 절대적인 1등으로 꼽히는 딱 한 사람을 빼면 나머지는 보잘것없는 사람이 될 수도 있고 말이야.

여러 이유로 좋아하고, 싫어하고, 뜻이 맞기도 하고, 절대로 함께할 수 없기도 한 사람들이 모두 어우러져 세상을 만드는 거야. 나를 알아봐 주는 사람이 있으면 고맙지만 그렇지 않으면 그런 대로 내버려 두고 편하게 살아. 살아가면서 크고 작은 실수들은 누구나 저지르는 일이니까 고개 한 번 세게 휘젓고 잊어버려. 완벽하기란 누구에게도 불가능한 일이니까 괜한 욕심으로 애태우지 마.

보라색 도라지꽃

어느 갑작스러운 날이었어. 엄마가 눈물을 흘리면서 나와
동생을 이끌고 기차에 올랐어. 엄마는 할아버지 댁에 가
야 한다고만 하고서 내내 말씀이 없으셨어. 할아버지 댁은
기차로 여덟 시간이 넘게 걸리는 먼 길이었는데, 도착하기
삼십 분 정도 남았을 때야 할머니가 돌아가셨다는 소식을
알려 주셨어. 그러면서 다시 우셨지. 왜냐하면 그 얘기를
했던 근처에서 할머니가 사고로 돌아가신 거였거든.

일곱 살 때였어. 시골집 마당을 오가면서 장례 준비에
분주했던 사람들의 모습이 떠올라. 할머니는 큰 손자라서
인지 유난히 나를 예뻐하셨다는데 희한하게도 생전 모습

은 전혀 기억이 나질 않아. 오로지 장례식 장면만이, 그리고 영정 사진 속 웃고 있는 모습만이 지금도 또렷해.

그만큼 큰 충격이었나 봐. 할머니가 돌아가신 일로 죽음에 대한 의문과 두려움이 마음속 깊이 자리 잡았어. 죽음으로 모든 것이 끝나 보이는 것처럼 살면서 겪는 모든 일이 죽음에 대한 의문으로 이어졌어. 왜, 어떻게 이 세상에 태어났는지, 늙고 죽는 일은 어떤 것인지, 생명이 멎은 뒤엔 무슨 일이 벌어지는지……. 시시때때로 떠오르는 질문에 친구들과 놀다가도 멈춰 서곤 했지. 당연하지만 어떤 답도 찾을 수 없었어. 답을 모르니 답답하고 무서웠지. 그무렵 자주 다니던 길에 장례 업체가 하나 있었는데, 그 앞을 지날 때면 죽음이라도 마주하듯 눈을 질끈 감곤 했어. 죽음이 피할 수 있는 것처럼 그랬지.

어쩌면 대부분 사람들이 이렇게 살아가지 않을까? 죽음에 관한 소식은 늘 끊이질 않잖아. 가까운 어른 혹은 안타까운 사고로 또래에게 찾아오기도 하니까. 그 어두운 초대장이 언제든 내게도 올 것만 같은 느낌이 마음 한구석에 있어. 초중고와 대학을 거쳐 어른이 된 이후에도 정도의 차이만 있지 늘 그래.

햇살처럼 빛나는 너희에게 죽음이란 얘기를 뭐 하러 꺼내나 싶기도 해. 하지만 밝을수록 그림자는 더욱 진하거든. 이미 죽음에 대해 고민해 본 친구도 있을 거야. 아직 그런 고민을 해 본 적이 없다면 한번쯤 골치를 앓아 보는 것도 필요하지 않을까? 누구도 피할 수 없는 일이니 말이야.

난 조금 심하지 않았나 싶기도 해. 책이나 영화, 텔레비전 등 어떤 식으로든 죽음과 관련된 것들에 집착하다시피 했거든. 사실 동화에도 그런 내용들이 꽤 있잖아. 손오공이 먹었다는 불로불사의 복숭아라던가, 산에서 바둑 구경을 했는데 수십 년이 흘렀다거나, 신이든 도깨비든 죽지 않는 존재도 심심치 않게 등장하고 말이야. 어른들을 대상으로 한 이야기도 넘쳐 나서 찾을 수 있는 것들은 죄다 찾아 섭렵했지. 명상을 통해 삶과 죽음에 대해 깨달음을 얻을 수 있다는 신비주의에 빠지기도 했고. 그나마 인터넷이 없었던 시절에 시작했기 망정이지 끝도 없을 뻔했어.

그러던 중학교 즈음이었을 거야. 초여름 밤 잔디에 누워 멍하니 하늘을 바라보고 있었는데, 광막한 우주가 통째로 쏟아져 내린 것처럼 무엇인가에 짓눌려 몸을 일으키지 못하겠더라고. 끝도 없이 깊고 넓은 우주에서 보이지도 않는 점 하나에 불과하다는 사실을 온몸으로 느끼는 기분이었어.

그렇잖아. 빛이 태양에서 지구까지 오는 데만 해도 8분 20초가량이 걸린다지. 우리 은하계의 중심까지는 3만 광년이고, 가장 가까운 다른 은하인 안드로메다까지는 대략 200만 광년이지. 그래서 지금 우리가 보는 밤하늘의 별들은 사실 예전 모습이잖아. 이렇게 엄청난 시간과 공간 속에서 고작 100년을 헤아리는 인간의 삶이란 무엇일까? 살짝 벗어난 얘기를 하나 덧붙이자면 그런 생각이 한번 들고 난 다음부터는 심각한 고민거리가 있으면 천체물리학에 관한 내용을 찾아보는 버릇이 생겼어. 그렇잖아, 학생이었으니 기껏해야 성적이나 친구에 관한 문제였는데 우주적 규모에 대입해 보면 정말 작게 느껴지거든. 나름 유용하게 쓰는 방법이니까 걱정거리가 있으면 한번 시도해 보렴.

삶과 죽음에 관한 생각은 조금 위험한 면이 있어. 신비주의라는 이름으로 극단적이고 엉뚱한 발상을 가르치기도 하거든. 인터넷 구석구석을 살펴보면 숨은 진리라도 되는 양 잘못된 길로 이끄는 유혹들이 많지. 이때 길을 잃지 않도록 도와주는 게 과학기술이야. 이를테면 깊은 산속에서 혼자 수도 생활을 하다 계시를 만났다는 식의 이야기를 많이 볼 수 있지? 충분히 과학적인 설명이 가능해. 인간의 두뇌는 상호작용을 하도록 만들어졌다고 해. 그런데 아무도 없이 오랫동안 혼자 있으면 뇌가 가상의 존재를 만들어서라도 대화를 나누도록 한다는 거야. 일종의 정신분열증인데 겪는 사람으로서는 현실과 분별이 어렵다는 거지.

이처럼 사람들이 머리로만 생각해서 이유를 찾던 문제들에 대해 과학기술이 발전하며 답은 내놓은 것들이 꽤 많아. 물론 과학기술에도 너무 매달리면 다시 엉뚱한 일이 벌어지기도 하지. 죽음을 앞두거나 불치병에 걸린 사람들이 자기 몸을 냉동해서 보관하는 일에 대해 들어 봤니? 미래에 과학기술이 훨씬 발전하면 다시 살아나기를 바라면서 말이야. 한 발짝 깊게 다가갔다고 여겼는데 한 발짝 더 어려워지는 셈이지. 삶과 죽음에 대한 고민은 그래서 끝이 없는지도 몰라.

오래전부터 그런 문제를 가장 정면으로 다룬 건 종교겠지. 세상의 많고 많은 종교에서는 어떻게 삶과 죽음을 가르치고 있는지 꼼꼼하게 살펴보기도 했어. 그중 특정 종교에 의지하며 많은 덕을 보기도 했고. 여전히 종교를 가지고 있긴 하지만 완전한 답을 찾지는 못했지. 이건 어떤 종교를 믿느냐, 안 믿느냐 하고는 별개의 문제야. 많은 사람이 인정하는 종교 역시 죽음 너머의 문제에 관해서는 크게 다루지 않거든. 이를테면 하나님을 가르치는 종교에서는 어떻게 하면 천국에 갈 수 있는지에 충실하지. 그 천국이라는 곳이 어떻다고는 별다른 말이 없어. 그냥 좋은 곳이라고 하지. 죽음 이후보다는 어떻게 살아야 하는지에 더 무게가 실려 있거든. 불교에서는 사람들이 윤회를 반복하며 끊임없이 다시 태어난다고 하잖아. 깨달음을 얻으면 영원한 평화를 찾는다고 하고. 역시 어떻게 살아야 그런 단계에 이를지가 관심이야. 아주 단순히 말하면 '착하게 살자'로 줄일 수 있어.

왜 그런 것일까? 일단은 알 수 없기 때문이겠지. 안다고 해도 어떻게 할 수도 없으니까. 살아 있으니 살아 있을 때의 일을 잘하자는 아주 단순한 이유를 찾을 수도 있겠다. 그리스신화의 신들은 끊임없이 인간을 질투하는 모습으로 나오잖아. 영생을 가진 주제에 유한한 시간을 사는 인간이 아름답다고 말이야. 어떻게 이런 발상을 했는지 그리스 시대의 사람들이 참 대단하다 싶어. 어떤 뜻일까 곰곰이 생각해 보면 배가 부를 대로 부른 사람은 아무리 맛난 음식도 맛있게 느낄 수 없다는 게 아닐까? 나름의 답일 수 있을 거야. 삶과 죽음의 문제라는 건 이처럼 나름의 답을 찾아 가면서, 또 고쳐 가면서 오늘을 살아가기 위한 답을 찾는 게 아닐까? 언젠가는 끝이 있다는 걸 알면 지금을 더욱 진지하게 혹은 가볍게 살 수 있을 테니까. 내가 가진 답은 지금으로서는 이래.

우주는 빅뱅으로 시작했다고 하잖아. 존재하는 모든 것이 말이야. 그래서 아주 작은 단위로 들어가면 우주는 모두 같은 입자로 이뤄져 있고, 또 연결돼 있다는 거지. 그렇다면 삶이니 죽음이나 하는 구별도 사실 의미 없어지는 건 아닐까 싶어. 무슨 소리인지 헷갈린다고? 나 역시 여전히 답을 찾고 있어서 이렇게밖에 얘기할 수 없어.

할머니가 돌아가시고 몇 해쯤 지나 묘소를 찾았을 때야. 무덤가에 보라색 도라지꽃이 피었더라. 정말 예뻤어! 그 전까지는 딱히 꽃이 예쁘다는 사실을 느낀 적이 없었던 거 같아. 그냥 꽃이란 예쁜 것이라고 교육받았기 때문이 아니라 정말 감정이 일어날 만큼 말이지. 그 꽃을 저세상에 계신 할머니가 손자에게 선물로 피워 주신 것인지, 우연히 그날 그 자리에 있었던 것인지는 알 수 없어. 중요한 건 그날 이후 지금까지 보라색 도라지꽃을 좋아한다는 것 아닐까?

어른에게서 답을 찾는다고?

커다란 나무, 그래 한 300년쯤 살아온 아름드리나무가 있다고 치자. 해가 뜨고, 해가 지고, 계절이 바뀌고, 산과 들이 통째로 달라지면서 주변 논밭에 도로가 놓이고 건물이 들어섰지. 그 오랜 시간과 많은 변화를 나이테에 고스란히 새긴 나무야. 그 나무에 올봄에도 파릇한 새 가지가 돋았네. 그럼 새롭게 돋은 가지는 300년 묵은 것일까? 아니면 한 살배기 갓 난 새순일까? 양쪽 다 될 수 있겠지. 한 그루 나무의 일부이면서도 새봄의 기운을 처음 느끼는 가지일 테니까.

사람들의 삶도 비슷하지 않을까? 한 사람, 한 사람을 떼어서 생각하면 저마다 각자의 수명에 따른 시작과 끝이 있지. 그렇지만 인류 전체를 한 묶음, 까마득한 기억을 간직한 커다란 한 그루 나무처럼 볼 수도 있지 않을까? 이전 세대가 얻은 지식과 지혜를 다음 세대에게 넘겨주면서 영속성을 지켜 가니까 말이지. 전체를 한 몸으로 생각하면서 왜 새로운 가지를 따지냐고? 너희들은 참 특별한 가지가 아닐까 하는 생각이 들어서야.

아름드리나무의 줄기처럼 인류의 큰 몸통은 오랜 세월에 거쳐 만들어졌어. 깊이 뿌리를 내리고 아름드리나무로 자라는 동안 큰 줄기는 비슷했지. 역사를 돌이켜 보면 인류는 아주 조금씩 변해 왔거든. 석기시대, 청동기시대, 철기시대 그리고 그 후 몇천 년은 지금 기준으로 보면 크게 다르지 않았어. 산업이라고 해야 농업, 어업 정도에 그쳤지. 땅이 제일 중요한 자원이니까 영화나 드라마를 보면 늘 칼 들고 말 탄 사람들이 땅을 차지하려고 싸움을 벌이잖아. 어느 나라나 왕과 귀족처럼 땅을 가진 지배계급과 그 땅에서 일하는 평민으로 나뉘어 살았지. 이런 이유 때문에 고려 시대, 조선 시대라면서 옷차림은 조금씩 다르게 묘사되지만 사는 모습들은 비슷하게 그려지는 거야. 인구의 대부분을 차지하는 평민들은 아버지의 아버지, 그 아버지에 이르기까지 같은 땅에서 곡식을 키우며 살았지.

대신 그런 시절엔 어른들이 어른 대접 받기가 참 수월했을 듯싶어. 왜냐하면 대부분의 사람들이 대를 이어 같은 장소에서 같은 일을 했으니까. 오래 산 사람이 제일 많이 알고 뭐든 잘하는 것이 당연했겠지. 언제쯤 날씨가 풀리고 씨를 뿌려야 할지, 곡식이 익을 때까지 먹을거리는 어디서 어떻게 마련해야 할지, 몸이라도 아프면 뒷산에서 무슨 약초를 캐 와야 하는지 말이야. 모르는 게 있으면 어른에게 물어볼 수밖에 없었을 테고. 하다못해 무엇을 하고 놀아야 하는지조차 어른들에게 배웠을 거 아니야. 전통 놀이라고 하는 연날리기, 윷놀이를 생각해 봐. 이런 상황이 수천 년 동안 이어졌겠지.

그래서 어른들이 존중받을 수밖에 없었어. 물론 그 시절에도 어른들과 젊은 세대의 갈등은 있었어. 이집트 피라미드에도 '요즘 젊은이들은 버릇이 없다'는 기록이 남아 있다고 하니까. 하지만 그건 성장기 청소년의 특징에서 그칠

뿐이었지. 버릇없다는 그 젊은이들 역시 어른이 되면 똑같은 삶을 살았으니까.

그랬던 세상이 요즘 들어 너무나 빨리 변하고 있어. 궁금한 게 있으면 어떻게 하니? 엄마, 아빠에게 물어보는 것보다 스마트폰 검색창에 입력하는 일이 훨씬 많을걸. 그래 기왕 스마트폰 얘기가 나왔으니 잠깐 뒤를 한번 돌아보자. 이 땅에 전화기가 처음 설치된 건 1896년 대한제국 시절이었다고 해. 까마득한 옛날 같지? 더 중요한 건 그 전에는 그러니까 고조선, 삼국시대, 고려, 조선을 거치는 내내 전화 같은 건 상상도 못 했다는 거야. 사람이 직접 말을 타고 가서 편지를 전하거나 봉화 같은 걸로 간단한 메시지를 보냈지. 이렇게 살았던 사람들에게 멀리 떨어진 사람의 목소리가 들리는 전화라니 정말 충격이었겠지. 최초의 전화기는 궁궐에 설치했는데 먼저 심부름꾼이 신하의 집에 가서 황제가 전화를 한다고 알리면, 신하는 관복을 차려입고 기다리다 벨이 울리면 큰절을 올리고 받았다고 해. 살짝 황당하지?

그로부터 대략 90년이 지나 내가 너희들 또래일 무렵엔 그래도 집집마다 전화기가 한 대씩은 있었어. 물론 그것도 그 이전과 비교하면 대단한 일이었지. 시간을 따지는 이유가 있어. 30년을 보통 한 세대로 구분하니까 세 세대 만에 이루어진 변화거든. 할아버지와 손자만큼의 세월을 거치면서 달라진 거야. 그런데 지금은 어떠니? 초등학생들도 심심치 않게 스마트폰을 하나씩 가지고 있지. 스마트폰을 단순히 전화기라고 부를 수도 없고 말이야. 오죽하면 요즘은 애들이 엄마 배 속에서 잠금 해제를 하며 나온다는 농담을 할 정도겠어.

왜 이런 얘기를 하냐면 너희들이 당연하게 받아들이고 있는 세상이 사실은 그렇지 않다는 거야. 인류 전체의 입장에서 보자면 이전과는 전혀 다른 세상이 펼쳐지고 있는 거지. 구름을 뚫고 나왔다고 할까? 그전까지는 구름이 하늘의 끝인 줄 알았는데 전혀 다른 우주가 열린 거야. 너희들은 구름 위에서 뻗어 나온 첫 번째 가지인 셈이고. 물론 기성세대도 함께 변화를 맞고 있기는 하지만 차원이 많이 달라. 지금은 문명의 발전 속도가 인간이 적응하는 속도보다 빠르다고 하거든. 아예 변화된 세상에서 태어난 세대와 그 속도를 따라잡기 위해 안간힘을 써야 하는 세대는 다를 수밖에 없잖아. 그 차이가 딱 부모님과 너희들의 차이야.

그러다 보니 부모 노릇하기가 참 어려운 시절이지. 사람은 자신이 겪었던 경험으로 살거든. 너희들을 이해하려면 어린 시절을 돌아봐야 하는데 그래서는 알 수가 없잖아. 기껏해야 오락실에서 단순한 슈팅 게임을 하며 놀았는데, 고글을 쓰고 VR 모드로 멀티플레이 게임을 하는 걸 이해하기가 쉽지 않지. 한 집에 한 대씩 전화기가 있던 시절에는 대개 거실에 두고 온 가족이 함께 썼거든. 원하지 않아도 가족끼리 대충은 통화 내용을 알 수 있었겠지? 어떤 친구들을 만나고 몇 시에 어디서 무얼 하겠다는 것인지 모를 수가 없었지. 요즘처럼 혼자 방에 들어앉아 이어폰 끼고 스마트폰을 들여다보고 있으면 도대체 뭘 어떻게 알겠어? 어른들 입장에서는 사실 봐도 뭘 하는지 모르는 것들이 많아. 너희 또래가 스마트폰 대화방에서 쓰는 단어들이 어떤 뜻인지 뉴스에 나올 지경이거든.

그런 특별한 시대를 함께 살고 있는 거야. 그래, 너희들 입장에서도 답답할 거야. 뒤집어 생각해 보면 너희도 어른들을 이해하기가 어려울 테니까. 포털은 기본이고 각종 SNS나 유튜브처럼 각 영역마다 정보들이 쏟아지는데 어른들은 조선 시대 말처럼 들리는 소리를 하기 일쑤일 테니까. 제일 많이 듣는 말이 '공부 열심히 해라'는 거겠지. 어른들은 공부 잘해서 좋은 일자리를 가지면 정년퇴직할 때까지 한 직장을 다녔던 시절에 자랐기 때문이야. 사실 그런 시대는 이미 끝이 났고 어른들도 우왕좌왕하고 있지만 말이야. 솔직하게 말하자면 어른들도 어떻게 살아가야 할지 잘 모르고 있는 거야.

새로 돋아난 가지가 가장 높은 곳에 있는 것처럼 오히려 너희들이 새로운 세상에 더 가까이 있는 셈이야. 잘하는 것, 하고 싶은 것이 무엇인지도 어쩌면 더 잘 찾을 수 있을 거야. 하지만 나무의 끝자락에 있다 보니 비와 바람을 가장 많이 맞아야 하는 것도 사실이겠지. 그래서 뿌리와 줄기로서 자리 잡고 있는 어른들의 역할이 여전히 중요해. 조금 답답해 보이겠지만 오늘의 새로운 세상을 이끌어 낸 건 어른들이니까. 어른들이 살아온 방향을 이해하는 일은 너희가 뻗어 갈 곳을 찾는 데 도움이 될 거야.

새로운 가지가 건강하게 자리를 잡으려면 뿌리와 줄기로부터 물과 영양분을 충분히 얻어야 하잖아. 대신 너희들이 조금 더 자라면 햇살을 받아 광합성을 해서 뿌리와 줄기로 영양분을 전달할 수 있지. 지금은 어른들부터 일방적으로 답을 배우는 것이 아니라 함께 자라야 하는 시대인 거야. 어른이라고 무조건 공경하라 하진 않을게. 대신 어른들에게도 고민이 있다는 걸 알았으니까 손을 잡아 주지 않으련?

이번 생은 망했다고 생각될 때

© 양지열, 2019

초판 1쇄 발행일 2019년 6월 14일
초판 4쇄 발행일 2024년 12월 1일

지은이   양지열
펴낸이   정은영

펴낸곳   (주)자음과모음
출판등록   2001년 11월 28일 제2001-000259호
주소   10881 경기도 파주시 회동길 325-20
전화   편집부 02) 324-2347 경영지원부 02) 325-6047
팩스   편집부 02) 324-2348 경영지원부 02) 2648-1311
E-mail   jamoteen@jamobook.com

ISBN   978-89-544-3987-9 (43810)